集英社オレンジ文庫

大江戸恋情本繁昌記

〜天の地本〜

ゆうき　りん

本書は書き下ろしです。

How the Reiwa editor girl made a best seller book in the Edo period

Contents

イラスト／AiLeeN

第壱話
雷門天狗娘

一

現代に比べ、江戸の一日の仕舞いは驚くほど早い。

町境を区切る木戸と呼ばれる門は、夜四つ（おおよそ二十二時）には閉まり、通りには人の姿が絶える。街灯が登場するのは明治になってからなので、月光が届くところを除けば、そこここに一寸先も見えぬ闇《やみ》が広がっている。

江戸の人々の多くは、夜明けと共に起き、日没と共に眠りにつく。行灯《あんどん》に使う魚油《ぎょゆ》も安くはないので、あえて起きているのはそれを気にする必要のない金持ちくらいなものだ。大方は蚊《か》の甲高《かんだか》くうっとうしい羽音に悩まされながら、べたつく夜気の中で目を瞑《つむ》って、なんとか眠ろうとする。

この日も、そんな夜だった。

文政《ぶんせい》十一年（一八二八）晩夏。梅雨《つゆ》も去った水無月《みなづき》の町は、神田明神《かんだみようじん》の天王祭《てんのうまつり》を初めとした夏の大祭もあらかた済み、常よりも気だるさが澱《よど》んでいた。

浅草寺《せんそうじ》に近い、ぎっしりと立ち並ぶ家々からは松葉を燻《いぶ》した蚊遣りの臭いが漂い、その煙で月も霞《かす》んでいた。

ぽつんとした明かりの傍《そば》で老いた番太郎《ばんたろう》が大きな欠伸《あくび》を漏らし、眠い目を擦《こす》りながら土用に食べた鰻《うなぎ》の味を反芻《はんすう》してこっそり酒を嘗《な》めたりしていると、不意に一陣の強い風が番小屋の行灯の火を吹き消し、あわてた老爺《ろうや》の手から欠けた茶碗《ちゃわん》が落ちた。

もったいねえ、とぶつぶつ言いながら、番太郎が曲がった腰をさらに折ったその時、突如《とつじょ》、天がカッと白く輝き、雲もないのに凄《すさ》まじい雷鳴が轟《とどろ》いた。老爺は、ひゃあ、と悲鳴をあげ、落ちてきた雷様に取られまいと、飛び起きた誰もが臍《へそ》を押さえた。

だが、落ちてきたのは鳴神《なるかみ》ではなかった。

雷光が消えると、先ほどまで誰もいなかった表通りの真ん中に、この時代の人々からすればまことに奇妙な形《なり》をした女が一人、腰が抜けたかのように座り込んでいた。

「……え……?」

最初に口をついてこぼれたのは、その一言。

女は明るい髪を結いもせず、ゆうに年増を越えているであろうに童子のように短く肩口で切りそろえ、この時代の人間が見たこともない出で立ちをしていた。南蛮《なんばん》文化に明るい者ならば、渡物《わたりもの》の装束に近いとわかったかもしれなかったが、南蛮においても女が《ズボン》をあたりまえに穿《は》くのはずっとあとのことだ。

現代では珍しくもなんともない、そんなノースリーブのトップスにワイドパンツという格好で、脱げかけたローファーを直すことも忘れた女は、

「……生き、てる……?」

と、震える声で、そう漏らした。

意思とは別に、肉体が確認をするように漏らした呟《つぶや》きが己が耳に届き、まだ生きているのだと理解した途端、川から上がった犬のごとく、女の体は勝手にぶるっと大きく震えた。

(生きてる!)

爆発的な生の喜びに、文字通り息を吹き返し、女の心ノ臓は激しく鼓動《こどう》を打ち始めた。

だが吾《われ》を取り戻すと、歓喜に替わって恐怖が襲いかかってきて、寒くもないのに凍えたように体が震え始め、奥歯がガチガチと音を立てた。

この女、名を、小桜天《こざくらそら》、という。

武家の身でないにもかかわらず小桜という苗字を持っているのは、先刻まで《現代》に生きていたからであった。

天は令和——遥《はる》か未来で、確かに死にかけた。

もみ合った末に車道に倒れたところへ走ってきた大型トラックに、無惨《むざん》に轢《ひ》かれたはず

だった。どうして無事なのかはわからぬ。一緒に轢かれたはずのあの男は？——と、辺りを見回したが誰もいなかった。しんと静まり返って、動くものもない。それでも月は明るく、天はおっかなびっくりこぼれた小物をトートバッグに戻しながら、目を凝《こ》らした。

まったく見覚えのない場所であった。足下にアスファルトの道路はなく、むき出しの乾いた土があるばかり。通りには違いないが広場のように広く、左右に並ぶのは掘っ立て小屋や古めかしい家ばかりで、ビルなどはひとつもない。まさしく影も形もない。

その中にあって、ただひとつ見知ったものがあった。

雷門《かみなりもん》。

濡れ濡れとした赤門の中央にさがった大提灯《ちょうちん》は暗闇でも見間違いようもない。だが——ぼんやりと見える大提灯の文字が、知っているものとは違っていた。門の名を表す『雷門』ではなく『志《し》ん橋《ばし》』と読める。

なんであろうか。直接的な命の危機とは違った恐怖を、天は覚えた。言葉にあらわしようのない不気味さが尻の下から這《は》い上がってきて、それから逃れるべく、地面から体を引き剝がして何とか立ち上がった。

怪我はなさそうだった。痛みは尻に少し残っていたが、それもすでに引きつつある。トートバッグを肩にしっかりとかけなおし、天は改めて周囲を見回した。

月明かりの中に建つあれは、確かに雷門だ。通りの左右の家は、時代劇の中でよく見るような古い形のものばかり。埼玉の川越《かわごえ》には、こうした家というか蔵がずらりと並んだ通りがあるが、浅草《あさくさ》は違う。雷門通りに並ぶのはビルだったはず。

「どうなってるの……?」

あえて声に出してみたが、答えてくれる者はいなかった。

近場でこんな景色がありそうなところと言えば、両国《りょうごく》の江戸東京博物館だが、閉館した博物館の中に取り残す意味があるとは思えなかった。それにここには空がある。月が輝いている。つまり屋外だ。

気を失って、時代劇の撮影所にでも運ばれたのだろうか。オープンセットならこの景色もありえるが、理由がわからない。治療のために運ぶなら救護室だろうし、時代劇のセットの中に放り出すのは理屈が通らない。

心ノ臓が太鼓のように打ち、頭が焼けるように痛んで、ともすればゲラゲラと笑い出しそうになるのを、天は堪《こら》えた。それをしたら仕舞いだ、と思った。楽になれるかもしれないが、何も解決はしない。とにかく誰か人を探すのだ。これを説明できる誰か、できなくてもここがどこかを教えてくれる誰かを。

そう考え、歩き出そうとしたまさにその時、

「おめえ、だ、誰だ！」

どこからか声が飛んできて、天は飛び上がりそうになった。

「何者だ！　お、おかしな形《なり》しやがって！」

首を巡らせて声の出所を探すと、通りを仕切る塀の影から月の下に男が現れた。

助かった、と思えたのは一瞬で、その手に棒が握られているのを見て、天はこぼしかけた声を飲み込んだ。あれはただの棒ではない。先端が二股《ふたまた》に分かれ、先にはびっしりと棘《とげ》がついている。時代劇の捕り物ではおなじみの道具。刺股《さすまた》だ。

男は老爺に見えた。着物の裾《すそ》を端折《はしょ》り、ふんどしが丸出しだ。慣れていないのか、得物が重いのか、それとも向こうも怯《おび》えているのか、二股に分かれた先はゆらゆらと揺れて定まらない。それに、あの頭はなんだ？　知ってはいる。いるが、あんなものはドラマか映画の中でしか見ない――丁髷《ちょんまげ》などというものは。

なにかまずい。

うまく説明はできなかったが、敵意しか感じないあの男に捕まれば、ろくなことにならないと思えた。それに、ただの小娘にあんな道具を向ける男が、まともなわけがない。

天は、くるりと踵《きびす》を返した。

だが、思ったよりも老翁の動きは素早かった。それとも得物が長かったのか。駆け出す前に刺股の先端に足を払われて、あっ、と思う間もなく、天は再び転んだ。今度はうつ伏せで、鼻を擦った。後ろから、うなじを挟むようにざっくりと刺股の先端が地面に突き立ち、

「う、動くんじゃねえ！」

背中を踏みつけられ、骨が悲鳴を上げた。折れようがどうしようが構うものか、という強さだった。突き飛ばされたときには感じなかった恐怖が、手足から力を奪っていく。

「た、助け……」

声は掠《かす》れて意味をなさず、口に入った土は苦かった。わけのわからないまま、こんなところで死にたくはなかった。トートバッグの中に何かないかと考えたが、地面に縫《ぬ》い付けられたこの状態では、何も取り出すことはできなかった。

「――どうしたい、爺《じい》さん」

闇の中から二人目の声がして、そのおかげか、老翁の足の力が緩んだ。だからといって逃げられるわけではなかったが、首を動かすことはできた。通りの先にぽつりと浮いた灯《あかり》が、ゆらりゆらりと揺れながらこちらに向かってくるのが見えた。

ようやく天にも、二人目の声の主の姿が見えた。手にした提灯の明かりにぼんやりと照らし出されたのは、またしても着物姿の男。すらりと背が高く、肩はがっちりと広い。髷

は結っていたが、老爺と違って天頂部を剃ってはおらず、同じ丁髷でも力士のそれだった。歳《とし》の頃は三十半ばくらいであろうか。左手に提灯、右手に巨大な徳利《とっくり》を提《さ》げている。柔和な顔立ちであったが、安心はできなかった。男の腰には、刺股よりもよほど物騒な代物《しろもの》があったからだ。帯に差しているのは、どう見ても、刀、だった。

「すごい音がしたから、鳴神様が落っこちてきたのかと思って見物に来たんだが、こりゃあまた、ずいぶんと変わった神様だな」

「遠野《とおの》の旦那《だんな》！」

老爺の声に安堵《あんど》が滲《にじ》んだ。

「爺さん、これは？」

刺股をどかすよう言ってくれるでもなく、男は天を見下ろした。

「へ、へえ……儂《わし》もあの音に仰天して、とりあえず得物をひっつかんで外に出てみたら、こいつがいたんでさあ……」

「ふうん」

遠野と呼ばれた男は、天をしげしげと見た。

「男？　いや、女か？　わからんな。――よし。あとは俺に任せるがいいさ」

「い、いや、しかし、いちおう御上に知らせねえと」

「構わん、構わん」

面倒そうに、遠野と呼ばれた男は手をひらひらと振った。

「見たところ、こいつは狐狸《こり》、妖《あやかし》の類《たぐい》だ。ひょっとしたら天狗《てんぐ》かもしれぬ。御上に届けたところで、連中がおっとり駆けつける頃には、どろんと消えちまうさ。そうなったら爺さん。手を煩《わずら》わせたかどで、あんたがねっちりと詰められるぜ？　そればかりじゃない、こいつに祟《たた》られるかも」

「げえ！」

天からすれば子供だましとしか思えない脅《おど》し文句に、老爺は本気で震え上がった。

「祟りなんか冗談じゃねえ！　任せます、お任せいたします！」

「それがいい。ほら、これでも呑《の》んで忘れちまいな」

遠野は、持っていた大きな徳利を差し出した。老爺はそれを受け取ると、引き抜かれた刺股と一緒に抱えて、後ろを振り返りもせず、元の暗がりへと去った。

「大丈夫かい？」

提灯の明かりの中に差し出された手は、ごつごつとしていて硬そうだった。不思議と恐怖は感じず、むしろ頼もしく思え、天は体を起こしてそれを取った。

立ち上がると、もう一度、天辺から爪先《つまさき》まで、まじまじと見られた。

「その髪、禿《かむろ》のようだが、その歳で水揚げがまだってことはあるまい。吉原《よしわら》から逃げてきたってわけじゃなさそうだ」

聞き覚えのある単語だったが、意味は思い出せなかった。そんな余裕は今の天にはなく、この男が本当に頼れるのかを見極めるだけで精一杯だった。少なくとも、さっきの老爺のように問答無用で襲い掛かってくるつもりはなく思える。

「とりあえず、ついておいで。誰もいないようで、皆、暗がりの中でこの成り行きを息を潜めて見ている」

不意に、闇の中に何十もの目を感じて、天は震え上がった。男の言葉が真《まこと》かどうかはわからなかったが、一刻も早くここから立ち去りたかった。

遠野は踵を返すとのんびりと歩き出した。天はトートバッグをぎゅっと抱え、背中を丸めてなるべく体を小さくし、男の背中を犬がごとく追いかけた。

二

天は、隅田川《すみだがわ》にかかる木造の大橋を、遠野のあとについて渡った。現代でも吾妻橋《あづま》と呼ばれるそこは、この時代、大川橋《おおかわ》とも呼ばれ、昼間であれば多くの人や荷が行き交う活気のある場所だが、いまは二人だけであった。

足の下で弧《こ》を描く巨大な橋は軋《きし》みを立て、ざあざあと水の流れる音が大きい。夜の気には雑多な臭いが混じっていて、天は顔を顰《しか》めた。魚臭いというか、獣《けもの》じみているというか。なかなか収集に来ない夏の日のごみ捨て場というか。

男は、ちゃんと天がついてきているか、ちらりと後ろを見る以外は、特に何を訊《たず》ねるでもなかった。歩く速さもゆっくりで、ひどく疲れている天にはありがたかった。

橋を渡った先にも大きな木戸があったが、閉まっていた。遠野は天に待っているように言って、詰めている番太郎に何言かを囁《ささや》いた。男は軽く頷《うなず》くと木戸の横の小さな戸を開けてくれ、くぐる際、遠野は提灯の具合で天の姿をよく見えないようにしてくれたので、形を咎《とが》められることはなかった。

明かりひとつもない家々の間の通りを過ぎ、隅田川から分かれた水路にかかる橋をもうひとつ渡ると、目の前には長々とした白壁が現れた。左右にどこまでも伸びている。そこが徳川《とくがわ》御三家水戸《みと》藩の江戸下屋敷であると天が知るのは、少しあとのことである。いまは川沿いの道を右に折れ、ただ歩いた。

ようやく屋敷の塀が途切れると、景色ががらりと変わった。ここまでは家屋がぎちぎちに詰め込まれた窮屈《きゅうくつ》な町並みであったのだが、ここは家々が十分なゆとりをもって建っていて、郊外の高級住宅地のような印象を、天は抱いた。

その内の一軒の門を、遠野はくぐった。

「おふゆさん、起きてるかい？　伊織《いおり》だ」

囁くようで、しかしよく通る声だった。いおり、というのは、この男の名だろうか。

しばらくすると、がたごとと何かを外す音がして戸が開き、中から手燭《てしょく》を手にし、浴衣をゆるりと着崩した女が現れた。歳は天より少し上か、同じくらい。髪を日本髪に結っていて、化粧気はないのに肌がぬめるように白く、唇が血のように赤い、夜目にもはっとする美人だった。

「旦那……なんです、こんな時分に」

おふゆと呼ばれた女は、浴衣の袂《たもと》で口元を隠しながら猫のように欠伸をした。うなじのおくれ毛がふわふわと揺れる。女の天でもどきりとさせられたその所作に、しかし遠野は提灯の火を消すでなく、さわやかに笑んだ。

「すまんな。さっき雷門の前で天狗の娘を拾ったんだが、俺の家に連れ帰るわけにもいかぬ。面倒を見てやってくれまいか？」

「またですか？ 犬猫みたいに言わないでくださいよ。うちは口入屋《くちいれや》じゃないんですよ？この前だって――」

「わかってるわかってる。また、三毛屋《みけや》の饅頭を買ってくるから」

「……仕方ないですねえ」

甘く溜息をつき、おふゆは踵を返した。女はそのまますするすると暗い廊下を奥へと消えてしまい、玄関に残された天を振り向いた遠野は、

「とにかく今夜はここで休むといい。明日にでもまた来るから。あんたの素性については、そのときに聞かせてくれ」

天は小さく頷いた。はいと言葉にして何かを確約してしまうのは躊躇《ためら》われたし、とにかく早く休みたかった。もうずっと、体があちこち悲鳴を上げていた。

遠野は微笑むと、玄関を出て行った。

天は、揺れながら遠くなる提灯をいつまでも見つめながら、本当にこれはいったいなんなのだろう、と痺《しび》れたような頭で考えた。わからなかった。理解できなかった。まともに考えようとすると、何かで締め付けられるみたいに頭痛がした。

「――戸を閉めて、こっちにおいでな」

家の奥の暗がりからそう声が飛んできて、天は言われた通りにした。

敲《たた》きに上がるためにローファーを脱いだ。土がむき出しの土間にただひとつ、それはとても異質なものに見えた。

三

さて――このあたりで、小桜天の身に何が起きたのかを記しておかずばなるまい。

この夜より、おおよそ二百年あまり刻《とき》を繰り上がった夕暮れの浅草。そこに、天の姿はあった。時代は令和。《現代》と呼ばれる《今》である。

観光に来たわけではない。担当をしている作家との打ち合わせのためだ。

天は、神保町《じんぼうちょう》にある中堅の出版社、衆智堂《しゅうちどう》の第二文芸部の編集者であった。新卒で採用されて、早、配属は四年目になる。

第二文芸部は、主にライト文芸と呼ばれる本を作っており、第一文芸部が一般小説、第三文芸部がライトノベルと分けられているが、ライト文芸はその中間といえる性質から、両部の手伝いに借り出されることも多かった。

天もこの四年で三冊のライト文芸の他、ライトノベルと一般小説をそれぞれ一冊ずつ手がけた。幸いどれもそこそこ売れて、その作家を引き続き担当させてもらえることになった。

今日、浅草を訪れたのは、その内の一人——溝口是鬼《みぞぐちこれき》と会うためだった。

溝口は時代小説を得意としている。これまで主に書いてきたのは江戸時代を舞台とした推理小説で、近作はドラマ化もされている。それもあり、天のプレッシャーは並ではなかったが、担当した作品は売れ行きも良く、続編をお願いするべく、溝口の家の近くの喫茶店で打ち合わせを行ってきたのだった。

打ち合わせはうまくいった。そもそもが前作の続編なので大きな問題はなかったし、打ち合わせといっても方向性についての確認だけであったので、ほとんどは雑談で終わった。

溝口がよければそのまま食事に行くこともできたのだが、彼はこのあともう一件、リモートでの打ち合わせがあるというので、失礼した。天も今回はリモートで済ますこともできたが、顔をあわせて話すというのは大事だと先輩社員に教わっていた。雑談の中からまろび出るアイデアというのは、思いもかけぬ拾い物であることが多いのだ。そしてそれは電話やリモートよりも直接対面で話している時にこそ見つかる。

もちろん、別の理由もある。情だ。やはり人は、電話やリモートで済まされるよりも、わざわざ足を運んでもらったという方が、好感を抱いてもらえる。衆智堂は大手ではないので、原稿を貰《もら》うのに、そうしたことも大事であった。

ともあれ、正直なところ食事に行かずに済んだのはありがたかった。

嫌なわけではない。溝口の話は勉強になるし、楽しい。問題は天にあった。このところ胃の調子がよろしくないのだ。

原因は、とある作家にあった。

溝口と同じ時代小説家で、筆名を瓦崎盛而《かわらざきせいじ》という。

齢《よわい》、七十を超えて地方の新聞に今も連載を持つ、その道では名の知れた男である。十年ぶりの新作を衆智堂でということになり、天が担当を任されたのだが——この作家、人間性に大いに問題があった。

編集長と共に挨拶《あいさつ》に出向いた際、天が担当をすることを告げると開口一番、

「女？　女ごときが、俺の玉稿《ぎょっこう》に赤を入れようってのか？」

と言い放ったのだ。

赤を入れる、とは修正の指示のことだ。校正からの指摘の他、編集も思ったことや疑問を書き込んで作家に戻す。直す直さないは作家の判断だが、校正者の中には居丈高に取られかねぬ書き方をする人もいるので、編集の方でマイルドに書き換えることもある。

だがそれに性別は関係がない。

さすがにかちんときたが、天は呑みこんで何も言わなかった。編集長が取り付けた話であったし、十年も前とはいえ瓦崎の小説は名の知れた賞も取っており、映画化もされた。出来には大いに不満で、そのせいで筆を折ったとも言われていたが、まだまだ名前を覚えている読者も多い。その男の新作である。

老人でもあるし、天は多少の理不尽には目を瞑るつもりであったが、編集長は薄紙のような笑みを貼り付けて、

「小桜は優秀な編集者ですよ。いまは溝口先生も担当させていただいております」

そう言ってくれた。

すると瓦崎は、

「溝口ねえ……ありゃあ時代小説じゃないだろう。あんなもんが売れるとは、読者の質も

ずいぶんと下がったもんだ。大衆のレベルに合わせて本を作っていたら、いずれ本を読むのは阿呆《あほう》しかいなくなるぞ？　俺の原稿を読んで勉強したまえ」

と放言し、これには天もさすがに黙ってはおれず、反論のひとつでもと口を開きかけたのだが、その前に、

「なるほど。よい勉強をさせていただきました」

と、編集長が答えた。

「私どもには先生の玉稿はまったく相応《ふさわ》しくないようです。貴重なお時間を我々ごときに割いていただきまして、まことにありがとうございました」

厭味《いやみ》たっぷりに言って、席を立ってしまったのだった。

これにはさすがに天の方が慌《あわ》てた。

「まずいですよ、編集長……」

「構わん。溝口先生の小説は素晴らしい。それがわからないようなら、あの先生の書く物はもはや古めかしいだけの凡作だろうさ」

と言って、依頼を取り下げてしまった。

それで話が済めば、天の胃も痛くなることはなかったのだが、そう簡単ではなかった。面目を潰されたと思ったのか、瓦崎は執拗《しつよう》に電話をかけてくるようになった。出ないわ

けにもいかず、その都度、天が応対することになった。近頃は脅迫《きょうはく》めいた内容になりつつあったので、法務部に相談もしていた。

そのせいで、ストレスで胃に潰瘍《かいよう》ができそうだった。

配属したての頃は何とも思わなかったトートバッグが肩に食い込んで痛い。二十六になってから、急に体力が落ちた気がする——先輩社員にそう話したら、三十になったらもっとがくんとくる、と言われて憂鬱《ゆううつ》になった。確かに新人の時分より荷物は増えたが、それが原因でないことはわかっていた。

こうなったら隅田川とスカイツリーを眺めながら鰻でも食べて帰ろうか、と思いながら、雷門通りの交差点を渡るべく、夕陽《ゆうひ》に染まった朱空を見上げて信号が変わるのを待った。複数車線の大通りは車の往来も激しく、その脇を観光客を乗せた人力車が走る。車夫の話に楽しげに笑む客の顔を見ながら、鰻はやっぱり胃に重いかな、と考えていたら。

「おい!」

と声をかけられた。

ぎょっとして振り返ると、瓦崎が立っていた。不思議ではない。瓦崎の家は駒形《こまがた》にある。浅草寺は目と鼻の先だ。くたびれた半袖《そで》のポロシャツの裾をスラックスの中に入れて、ぱんぱんに膨らんだレジ袋を提げていた。

「打ち合わせはどうなった！　俺が書いてやろうっていうんだぞ！」

何事かと振り返った周りの目が痛い。異変に気づいた交番の警官が、こちらに向かってこようと足を踏み出したのが見えて、天はほっとした。

だが、心に余裕ができたせいで、ひとこと言ってやろうと思ってしまった。

それがいけなかった。

「すみません。編集長から、そのお話はひとまず保留にしていただきたいと、お伝えしたかと思うんですが――」

すると、瓦崎の顔がみるみる赤くなり、

「そっちから頼んでおいて、ふざけるな！」

膨らんだレジ袋が振り上げられた。とっさに腕で防いだが、中身の詰まった袋の衝撃は思ったよりも大きかった。よろけた天は反射的に手を伸ばし、何かに捕まろうとした。指は確かに届いたが、捉《とら》えたのはよりにもよって、瓦崎の腕だった。

老いた男に支えられるはずもなく、天は瓦崎ともろとも車道によろめき出てしまった。

肩のトートバッグの重さに振り回されて、天の体はくるりと半回転して尻が落ちた。

すさまじいクラクションと、自分を目掛けて突っ込んでくるトラックが見えた。

迫ってくる車体はとてもゆっくりだった。どんどん遅くなる。ブレーキが間に合ったのかとも思ったが、自分の尻も道路に落ちないことから、違う、とわかった。聞いたことがある。脳が助かる方法を探そうと限界を超えて働くと、時間が遅く感じると。

目の端に、引き攣《つ》った笑いをその顔に貼り付けた瓦崎が見えた。こんなのは夢だ、現実のはずがない、とその口元が語っていた。

（あ、駄目だ……）

脳が全ての検証を終えて、天は自分の肉体がそう結論を出したのがわかった。浮かんできたのは、イヤだ、でも、死にたくない、でもなく、駄目だ、という諦観《ていかん》。事故のような唐突な死の間際に思うのは、案外こんなものなのかもしれない。

（あーあ……）

溜息をつく間もなく、次の瞬間、時間の体感が元に戻り、すさまじい悲鳴と音と光の衝撃に飲み込まれ、天の全てはぐちゃぐちゃになって白く塗りつぶされた。

そうして――気づけば一人、天は夜の江戸の町にいたのである。

四

（……夢じゃなかったか……）

軋みながら体を起こした天は、薄くて硬い布団の上に座ったままで小さく呻《うめ》いた。着の身着のままで、髪も体もべたべたしている。

昨夜はあれから、おふゆが用意してくれた二階の布団に倒れ込み、以後の記憶がなかった。眠ったというより、気を失ったのではなかろうか。目を開けるとき、夢であってくれればと願ったのだが、そんなに都合よくはいかなかった。

焼けるような苛立《いらだ》ちを覚えた。何を言ってる。この状況がおかしいのだから、元に戻ってあたりまえではないか。それのどこがご都合的だというのか。

「どうなってんのよっ……」

頭を掻《か》き毟《むし》りたくなるのを、天はぐっと堪えた。始めてしまえばその痛みに依存して、止められなくなってしまいそうだった。

ぎいっ、と昆虫じみた変な声が出そうになって、いけない、と思った瞬間、ぐちゃぐちゃだった気持ちが、突如、凪《な》いだ。本当に唐突だった。だが戸惑ったのは一瞬。おそらくは心を守るための仕組みが働いたのだろう。人の体にはそうした不思議なところがあると、何かで読んだことがある。

天は、深く溜息をついた。落ち着くことはできたが、状況が好転したわけではない。

それにしても、まったくわけがわからない。

ここはどこだ？　どうして皆、時代劇に出てくるような格好をしている？　以前、海外の番組を紹介するテレビで、考えられないような大掛かりなドッキリを見たことがあるが、それだろうか。一般の人間に世界が終わったと信じさせるために巨大なセットを作っていたけれど、これもそうなのか？

わからない。

今の日本で、そんな番組が許されるとは思えなかった。天自身が何も同意をしていないのだから、これがセットだとしたら、この状況は拉致《らち》監禁になるはずだ。そんなコンプライアンスを無視した真似ができるわけがない。

（……だったら、本当ってことになっちゃうじゃん……）

それこそありえない、と理性が囁く。

だが天は、こういうことが起きる話を知っていた。第三文芸部の仕事を手伝ったとき、勉強のためにライトノベルを読んだ。その中に、まさにこんな状況の小説がいくつもあった。

異世界転生——そのジャンルはそう呼ばれていた。

何らかの事情で現世で命を落とした主人公が、違う世界に記憶を持ったまま転生して人生をやり直すという物語だ。もっともほとんどの舞台は中世ヨーロッパを基礎にしたゲーム的な場所で、こんな時代劇のようなところへ転生した話は、天の読んだ中にはなかった。

そういえば五冊の内の三冊で、主人公は冒頭でトラックに轢かれていたな、と思い出した。

はは、と笑ってしまった。

確かに自分もトラックに轢かれそうになったけれど、だから転生したと考えるのは、風が吹いたら桶屋が儲《もう》かるほどに、こじつけがすぎる。

これは明晰夢《めいせきむ》だと言われた方が、よほど納得できる。

(……うん、そうだ)

天は明晰夢を見たことがなく、夢の中で夢を自覚する気分はわからなかった。だが、これがそうだと言われれば、納得はできた。転生よりは受け入れられる。死んで生まれ変わった先が未来ではなく昔というのは理屈が通らない。転生に理屈を求めるのもどうかと思うが。

とはいえ、生理的な実感はある。体がべたついているのもわかるし、何とも言い難い臭いも感じる。障子越しの陽射しは眩《まぶ》しく、どこかで鶏《にわとり》が鳴いている。これが夢でも、起きているときと何ら変わらない。

(ステータスウィンドウとか開かないかな)

ライトノベルでは、ゲームよろしく、自分の能力値等を確認することができた。願えば現れるものらしいが、開け、と念じても何も起こらなかった。どうやらこの夢、そのあたりは現実的らしい。

となると、対応も現実に即さなければならないのかもしれない。実際、いま、軽い空腹を感じている。お腹《なか》が空くということは体は働いているということで、だったら排泄《はいせつ》もしなければならないだろうし、きっと生理もくる。

天は、自分の寝ていた場所をぐるりと見回した。

古めかしくはあるが、普通の和室に見える。六畳の畳《たたみ》敷きで、おそらくは通り側に面した大きく解放的な障子戸は、朝の陽射しに照らされている。部屋の中は他に、小さな衝立《ついたて》と行灯があるくらいで、簡素なものだ。

時代劇でしか見たことのない箱枕の脇に、自分のトートバッグが置かれていた。引き寄せ、抱きかかえるようにして、中を確認した。なくなっているものはなさそうだった。かき回した様子もない。あのおふゆという女は、盗人のような真似はしなかったらしい。ファーストエードキットとポーチも無事だ。

スマホを取り出してタップすると、ホーム画面は問題なく現れた。だが、圏外だった。試しにSNSを立ち上げてみたが新しい投稿は読み込めず、『サーバーに接続できません』と表示されるだけだった。電池はまだ持ちそうだが、いずれは切れる。ここへくるまでのことを思い返せば、充電できるような場所はなさそうだった。おそらくこの世界、電気がない。

（編集長、ありがとうございます）

感謝をしつつ、天はズシリと重いガジェットポーチを取り出した。中にはモバイル関係の道具が入っている。電気がないのでは、ほとんどの品に使い道はなかったが、ただひとつ、心の底からありがたいと思えるものがあった。

モバイルバッテリーだ。

配属時、編集長権限で、これだけは常に絶対に持っておけ、と備品として配られたもの。ただのモバイルバッテリーではない。ソーラーチャージャーが付いている。天もぼんやりと覚えているが、子供の頃にあった大きな震災の際、大規模な停電が起きた。その時スマホの充電に苦労した経験から、編集長は常にこのタイプのバッテリーを携帯するようになって、部下にも持たせるようにしたらしい。

配属されてから四年、一度も使う機会はなかったが、律儀に持っていて本当に良かった。これならば時間はかかっても、太陽さえあれば充電ができる。スマホには様々な辞書や資料をダウンロードしてあり、ネットから切り離されたスタンドアローン状態でも、きっといま思っている以上に役に立つ。これとてもいずれは壊れるかもしれなかったが、さすがにそれまでにはこの夢から覚めると信じるしかない。

階段が軋む音がして、天はスマホをトートバッグにしまった。興味を持たれては困る。下手《へた》に弄《いじ》られて壊されたら目も当てられない。

「あら、起きてたんだ」

襖《ふすま》が開いて、おふゆが現れた。昨夜とは違う柄の浴衣を着ていて、裾からちらりと緋色《ひ》の襦袢《じゅばん》が覗《のぞ》いている。横に張り出す形に髪を結い上げ、後ろを丸髷にしているのは既婚者の証《あかし》だが、なぜか鉄漿《かね》はしていない。眉もある。

髪型から察するに、この夢、時代は江戸の後期だろうか。

こうした知識がするすると出てくるのは、溝口是鬼先生のおかげだ。担当するに当たって一通り勉強はした。この夢の成立には、そうしたことも関わっているのかもしれない。彼の小説の舞台はまさしく江戸だった。

「おはようございます」

「おはよう」

よかった。言葉は通じる――そう思ったのはおふゆの方も同じだったようで、

「ちゃんと喋《しゃべ》れるんだね。伊織の旦那が天狗の娘とか言うから、本当にそうだったらどうしようかって思ってたのよ。違うみたいでほっとした。まあ、天狗ってのはこうもっと、鼻が物干し竿《ざお》みたいに長いんだろうし」

おふゆは、自分の鼻の前で、にゅう、と絞るように手をすぼめてみせた。見も知らぬ女に対して、少しも気負った様子がない。元来の性質か、それとも遠野伊織という男への信頼の厚さだろうか。

「ご迷惑をかけて、すみません」

天が軽く頭を下げると、おふゆは、いつものことだから、と笑いながら、傍《かたわ》らにきちんと正座をした。不思議な香りがする。天の時代にはついぞ嗅《か》いだことのないものだった。良いとはいえぬが不快というほどでもない。生活感のある匂い、とでも言えばよいか。

「前にもね、どっからか親をなくした子供を連れて来たことがあって、以前の伝手《つて》で奉公

先を見つけてやったりしたのよ。犬猫なんかはしょっちゅう。さすがに、おまえさんみたいのは初めてだけど」

聞きようによっては棘を含む言い方だが、別段、厭味で言ったわけではないようだ。美人ではあるが可愛《かわい》らしく、雰囲気がとてもやわらかで、ほっとできた。

「お腹は空いている？」

「……少し」

「それじゃあ一緒に食べようか。その形じゃなんだから……」

おふゆは立ち上がると、押入れから行李《こうり》を引っ張り出し、浴衣を取り出した。

「これに着替えたら下りてきて。その着物と全然違うけど、着方はわかる？」

「ええと……はい」

浴衣なら何度か着ている。帯の結び方は難題だが、ぼんやりとなら覚えている。

ならよかった、と言って、おふゆは部屋を出て行った。

足音が聞こえなくなってから、天は浴衣に着替えた。下着はどうしよう、と思ったが、着けたままにした。適当に緋色の布を腰に巻き、その上に浴衣を着てうろ覚えに帯を締めると、何とか恰好《かっこう》はついた。

トートバッグをそのままにしておくわけにはいかないので、先ほどの行李に詰め込んだ。

スマホを置いていくのは不安だったが、不用意に人目にさらして、取り上げられてはかなわないので我慢した。

　行李を念入りに押入れの奥に押し込んだ天は、そこで紙の束を見つけた。びっしりと字が書かれていたが、ひらがなが多く、くずしてあったので、ほぼ読むことはできなかった。残念ながら、識字のチートもついていないらしい。

　面倒な、と溜息をついて押入れを閉め、廊下に面した襖を開けると、ふわりと炊《た》き立ての飯の匂いがした。江戸では朝にその日の飯を炊いてしまって昼と夜は冷や飯なのだ、という溝口との雑談が思い出された。

　まだここが本当に江戸時代とは限らないけれど、と考えつつ傾斜が急な階段を下りると、広い玄関の板間の奥の座敷から、

「こっちよ」

　と声がかかった。襖を開けると八畳ほどの座敷に箱膳が二つ置かれていて、おふゆがきちんと正座をして待っていた。女の眉が驚いたように上がったのを見て、天は自分のしくじりに気づいた。この時代、立ったまま襖を開けるのはしつけのなってない者のすることだ。

「し、失礼します……」

正しい使い方かわからなかったが、そう言って中に入り、今度は座ってから襖を閉めた。

「本当に天狗様？」

まさか、と笑おうとしたが、声にからかう気色《けしき》はなかった。この時代が江戸なら、信心は現代とは比べ物にならない。神や仏や妖をどの程度本気で信じていたのかはわからなかったが、笑っていいものではない気がした。

「どうなんでしょう」

と天は答えた。そういえば異世界転生の他にも、まったく違う世界に行ってしまう話があった、と思い出した。時間旅行。未来に行く場合と過去に行く場合があるが、過去へ戻る話の方が多い気がする。この夢設定、転生よりもそちらかもしれない。

天はおふゆの斜め前に置かれた膳の前に座った。箱膳という一人用の、現代で言うローテーブルのようなものだ。膳には大ぶりの椀《わん》が二つと、角皿がひとつ。飯椀にはこんもりと白米が盛られている。汁椀の中身は味噌汁《みそしる》だろう。久しぶりに嗅ぐ匂いで、腹が空いていることを思い出した。皿にはこんがりと焼かれた小ぶりの魚が一尾と、小茄子《なす》の漬物が添えてある。ひとつの卓を皆で囲むようになるのは、ずっとあとだ。

「いただきます」

「いただきます……」

おふゆの真似をして手を合わせた。いただきます、は普通に使ってきたが、手を合わせたのはいつぶりだろう。

汁椀を手にして啜《すす》ると、大分、濃かった。現代よりも味噌自体が辛いのだろう。とにかく飯を食べるためのものだと思えた。粗《あら》く切った小さめの蕪《かぶ》と刻んだ菜がたっぷりと入っていて、葉の青臭さがいい風味になっている。

漬物に箸《はし》を伸ばす。箸が長めなのは膳が低い位置にあるからだろうか。少し扱いづらかったが、何とかなった。小茄子は汁気がたっぷりで、啜らないと口の端からこぼれそうだった。少し焦《こ》げた魚は鰯《いわし》で、身は少なく、齧《かじ》るとこれも塩がきつかったが、それでも青魚独特の臭味はしっかりと残っていて、一尾で十分におかずになった。

ちらちらと所作を見られているのはわかっていたが、気にしても仕方がない、と割り切って食べた。いつもにくらべると量は多かったものの、昨夜は何も食べていなかったので、しっかりと平らげることができた。

「ふうん」

おふゆは自《みずか》らも残さず平らげると、箸を置いて天をまじまじと見た。

「話はできるし、箸も使える。けど、髪はおかしいし、着付けもなんだかぎこちなくて、慣れていない感じ。天狗様でないのなら、狐か狸《たぬき》が化けてるのかしら」

「人です――たぶん」

たぶんてなに、とおふゆは笑った。歳は上だと思うのだが、娘のような顔をする。それでいて、所作に何とも言えないしっとりとした艶《つや》がある。丸髷なのに鉄漿を塗らず、眉も剃っていないのは、婚姻《こんいん》はしていないが決まった人がいる、ということだろうか。

ここへ連れてきてくれた男の顔が浮かんだが、二人の気安さには、それとは別の匂いを感じた。もっと身内のような。

男――遠野伊織は、事情を訊《き》きに来ると言っていた。何と説明すればよいかを決めておかねば。何を言っても都合よく受け入れてもらえるならよいが、今のところ自らの思うように操れてはいない。ここが本当はどこで、いつなのかくらいは知っておく必要がある。雷門があったからとて、浅草とは限らない。夢とは不条理なものだ。

「あの、聞いていいですか?」

おふゆに倣《なら》って自分の箱膳を台所に運びながら、天は訊いた。

「ここ、どのあたりなんでしょう」

「小梅町《こうめちょう》よ」

そう言われてもさっぱりだった。顔に出てしまったのか、おふゆは、

「隅田の水戸様のお屋敷の隣」

と付け加えた。

これ以上は説明のしようがない、という気配を悟り、天は、なるほど、と呟いた。水戸様というのが徳川御三家の水戸藩のことなら、もはや間違いない。

「つまり、江戸ってことですね」

大雑把《ざっぱ》に過ぎる答えに、おふゆは、やっぱり天狗様だ、と笑った。江戸、という言葉が通じたということは、決定だった。これでひとまず時代はわかった。

おふゆは、瓶《かめ》に溜めた水を少量桶に移して食器を洗った。それを見ながら、やり方を覚えておかねば、と天は覚悟した。いつ目覚めるかわからぬのだから、自分のことは自分でやれるようになっておく必要があるだろう。よしんば明日目覚めたとしても、これを無駄だとは思うまい。なぜなら夢は忘れるものだから。

洗い物が済むと、おふゆは鉄瓶《てつびん》で湯を沸かし、急須と湯呑《ゆのみ》を乗せた盆を手に座敷に戻った。

淹《い》れてもらった茶を前に、天は、

「あの、いまは何年でしょう?」

江戸は二百五十年以上も続いた。どの年代かを把握《はあく》することは、大事なことだ。全時代をまぜこぜにした世界である可能性もあるが、そうでなかった場合、まだ起きていないことを口にして、未来を見るだのなんだのと、いらぬ騒動を起こしたくはない。

おふゆは首を捻《ひね》った。

「今年は文政――ええと、何年だったかしら」

とぼけているわけではなく、本当に思い出せない様子だった。普段、あまり気にしたことがないのかもしれない。わからなくはない。天にしても、今年が何年か必要になるのは書類を作るときくらいだった。

とはいえ、文政という元号が在《あ》るのなら、江戸の全時代を混ぜた世界ではないのだろう。刻《とき》の流れがなければ、元号は使われないはずだ。

「ちょっと待ってて」

おふゆは立ち上がると、衝立の横の簞笥《たんす》の引き出しを探った。

「この辺に暦《こよみ》があったはずなんだけど……あれ、ない。どこにやったかしら。……あ、これでもいいか……これがちょっと前ので……これはもっと前でしょう……？　ああ、あったあった。これがこの間のだから……いまは十一年！」

そう言われても、西暦に直すと何年なのかはわからなかったので、しっくりはこなかった。あとでスマホに落としてある資料で調べよう。それよりも今は、おふゆの手にした紙束が気になった。

「それ、なんですか？」

「これ？　見立《みたて》番付よ」

　おふゆは一枚を取って渡してくれた。びっしりと書かれた文字は、やはり、読めるものと読めないものがあった。漢字は判読できるものが多い。大関とか前頭はわかる。その下に書いてあるのは名前だろう。一番上に大きく横書きで『者役伎舞歌』とあり、昔は右から読んだから、これは『歌舞伎《かぶき》役者』だ。要は役者のランキング表で、順位を一位とか二位とかではなく相撲《すもう》の格に見立てているから、見立番付と呼ばれている。

「読める？」

「少しですけど……ひらがなは難しいです」

「じゃあ、これは無理かな？」

　そう言って渡してくれたのは、和綴《と》じの本だった。紙を二つに折って重ね、端を紐《ひも》で括《くく》ったものだ。現代はほぼ見ない作りだが、神保町の古書店に行けば当時のものを見ることも買うこともできる。開いてみると、見開き全面に描かれた絵の隙間《すきま》が文章で埋められていた。構成は絵本に近い。残念ながらひらがなが多く、ほとんど読めなかった。一文字一文字は、よく見れば判別できるものもあるが、文章として流れで読むことはできない。

　だが、本だ。手の中に、本がある。

作りは違っても馴染《なじ》んだ文化の結晶に、ふわふわとした足元がしっかりと固まって、ようやく、ここと自分が繋《つな》がった気がした。何度も読み返されたのか、頁《ページ》に癖がついている。絵も字もところどころにかすれがあるから、肉筆ではない。江戸の時分にはもう、版木を刷って同じものを何枚も作る技術が在った。これはそうして作られた大量生産の本だろう。

「絵を見ているだけでも楽しいわよね」

嬉《うれ》しさが顔に出てしまっていたのか、おふゆの声はやさしげだった。

「他にもいろいろあるから見て――」

「――ごめんよ」

玄関から、そう声がした。

昨夜の男だ。

おふゆは、はあい、と応《こた》えて立ち上がり、迎えに出てしまった。他の本も見てみたかったが仕方がない。自分も一緒に行った方がいいのかわからなかったので、とりあえず背筋だけは伸ばして待った。

座敷に入ってきた遠野伊織は、天をちらりと見て微《かす》かに眉を顰《ひそ》めた。すぐに頭を下げるべきだったのだろうか。身分制度のない時代に育った天には見当もつかなかったが、伊織は特に何も言わず、帯から刀を外し、脇に置いて正座した。胡坐《あぐら》をかかなかったところに、育ちの良さが表れている。

「うん。元気そうだ」

「昨夜は、ありがとうございました」

天は時代劇の真似をして畳に手をつき、土下座ほどではないが深々と頭を下げた。しばしそうして、そろりと顔を上げると、伊織は膝《ひざ》に手を置いて微笑んでいた。

「気にしなくていい。何事も放っておけない質《たち》でね」

「だからって、その度、うちに持ち込まれるのは勘弁願いたいんですけど？」

茶を出したおふゆの言葉に、すまないすまない、と伊織は笑った。

二人の心安い様子に思わず気が緩みそうになったが、ひとしきり笑ったあとで頭の天辺から検分する目は鋭く、油断はならなかった。この男の考えひとつで、状況はどう転がるかわからない。警察組織である奉行所に突き出されでもしたら、取調べという名の拷問《ごうもん》が待っている。そんな場面を溝口の小説でよく読んだ。この夢がその影響なら、きっとそうなる。

「あんた、生まれは？」

東京、と言いかけて、天は飲み込んだ。この時代にはないはずの地名だ。

「……わかりません。生まれてすぐに捨てられていたものですから」

嘘《うそ》ではない。

天は上野《うえの》の恩賜《おんちよう》公園に捨てられていて、施設で育った。天、というのは施設長がつけてくれた名で、小桜という苗字は、桜の下で見つかったからだと聞いた。本が好きな子供で、勉強も苦手ではなかったので、給付型の奨学金で大学にも行き、衆智堂に就職した。

そうか、と伊織は言ったが、憐《あわ》れむ様子はなかった。この時代ではめずらしくもないことなのかもしれない。どうあれ同情はうんざりなので、ありがたかった。

「じゃあ、何処《どこ》から来たんだね?」

「何処からなんでしょう……気づいたらあそこにいて、どうも名前——名の他は、大して覚えていないんです」

これも嘘ではない。

令和の浅草で男ともろともトラックに轢かれたと思ったら、江戸時代の雷門の前に来ていた、などと言っても得心してはもらえぬだろう。それに自分の知識や常識は未来のものだから、役に立たないという意味で、覚えていないのも同じだ。

これは夢なのに、と自嘲《じちよう》する声が聞こえたが、無視した。いまはロールプレイに徹することがこの悪夢から覚める近道のはずだ。

伊織は腕を組み、ふうむ、と洩《も》らした。

おふゆは笑いながら、

「旦那、旦那。この娘、本当に天狗様なんじゃないですか？　宵《よい》の浅草の空を心地よく飛んでいたら雷神様と喧嘩《けんか》になって、羽根が千切れて落っこちたときに頭を強く打ちつけて、それであれこれ忘れちまったのかも」

「相変わらずだな、おふゆさんは」

伊織は苦笑した。

「そういえば、その肝心《かんじん》な名を聞いていなかったな。なんという？」

「……そら、です」

「どう書く？」

「……天狗の天、です」

先刻から天狗天狗言われていたので一番通じるだろうと考え、そう言うと、

「ほら、やっぱり！」

ぱん、とおふゆは手を叩いた。伊織は、やれやれと溜息をつき、

「まあ、天狗ってことはないだろうが」

じろり、と鋭い目で一瞥《いちべつ》された。

「その髪。昨夜の形。土間に在った奇妙な履物《はきもの》。渡物でもあんなものは見たことがない。

何とも怪しげだ。これ以上係わり合いにならず、奉行所に引き渡して仕舞い、ってのが利口なんだろうが……俺はどうにもあの連中が嫌いでね。おふゆさん。あんたさえよければ、この女、しばらく預かっちゃくれまいか？」

「構いませんけど……その分の扶持《ふち》はいただけるんでしょうね？　一人増えればあれこれと入用になるんですから」

「無論だ。……天さん。どうかな？　身ノ上を思い出すまで、ここに置いてもらっては」

「それはとてもありがたいですけれど……いいんですか？」

我が身に置き換えたのならとても受け入れられた話ではないが、おふゆは笑んでいた。伊織の前だから繕《つくろ》っているとは思えぬ。

これが夢であっても、起きている時と同じく腹も空くし、体の感覚もあるのだから、雨《あま》露《つゆ》をしのげる場所を得られるのはありがたい。ひょっとすれば、野垂れ死ぬのが目を覚ます術《すべ》なのかもしれないが、試すのは躊躇われた。江戸時代の死罪のやり方は知っている。打ち首。火炙《ひあぶ》り。磔《はりつけ》。そのどれであろうと、夢であっても、受けたくはない。

「よろしくお願いします」

天は、額《ひたい》を擦るほど深く頭を下げた。畳に染み付いた嗅ぎなれぬ生活の臭いに、堪えきれず小さなくしゃみが弾けた。

第弐話
江戸の書店
堂
倉
本
同東日記
古本
賣

一

江戸は、暦《こよみ》の上では秋になった。

ここでいう秋とは、現代では八月の半ばを指す。文月《ふみづき》、葉月《はづき》、長月《ながつき》の三ヶ月が、江戸の秋であり、初秋の文月はさすがにまだ残暑が厳しい日もあるが、令和に比べれば涼しかった。何しろ冬には隅田川《すみだがわ》が凍るのである。暑さ寒さが現代とはまったく違う。温暖化などと聞いてもいまひとつ実感のなかった天《そら》であったが、こちらに来て初めて、世界は暑くなったのだな、と体感できた。

文月の七日は七夕《たなばた》であり、おふゆの家でも笹を飾った。青竹に短冊を飾るのは現代と同じだが、驚いたのはその大きさだった。竹は屋根よりも高く、それがずらりと江戸の空に立つ様は実に壮観だった。七夕は江戸を上げての行事であり、屋台なども多く出て、天もおふゆと共に白玉などを食べた。だがそれもただ一日のことで、あれだけあった青竹はその日の夜には取り込まれ、川に流された。

他にも、お盆の斎日である十六日には、江戸の三大閻魔《えんま》である浅草蔵前《あさくさくらまえ》の華徳院《かとくいん》の閻魔堂を詣《もう》でたりもした。この日と一月の十六日の『薮入《やぶい》り』だけがこの時代の明確な休日だったが、それは商家の話で、ほとんどの庶民《しょみん》は日々、適当に働いて適当に休んでいた。

そうこうしている内に、一ヶ月が過ぎてしまった。

雷門《かみなりもん》の前に突如《とつじょ》として飛ばされ、縁あって小梅町《こうめちょう》で三味線《しゃみせん》の師匠を営んでいるおふゆの家に居候《いそうろう》をさせてもらっているという夢は、いまだに続いている。

さすがに天も、これは夢ではないのでは？　と考えなくもなかった。常識的に考えれば馬鹿馬鹿《ばか》しいことだが、事実、自分は今、江戸に生きている。常識と現実の二つを並べて、どちらを取るのだと迫られたら、現実を選ぶしかない。

とはいえ、明晰夢《めいせきむ》とはリアルなものらしいから、現実と誤認するということもあるのかもしれない。ここでの時間がどれだけ長かろうと、夢は、起きてしまえば瞬《また》きの間だ。それに相変わらず心の一部は死んでいた。この状況にパニックにもならず、淡々《たんたん》と受け入れているのだから、まともではない。

あれこれ考えずに目の前のことをこなしていく質《たち》なのは昔からだったが、ここまで適応するのはおかしい。やはり夢である可能性はまだあると思えた――思いたかった。

一方で、たとえこれが夢であろうと、今はここで生きていかねばならぬのも事実だった。

夢での死が現実での死に繋《つな》がらないとは限らない。そういう設定の話はいくらもある。逆に死んだら戻れるという話もあるが、保証もなく試す気にはなれなかった。もしそれが本当に現実に戻る唯一の手段なら、この夢の中で天寿を全うしても結果は同じはずだ。目が覚めればあの日の浅草、ということになるだろう。

だからいまは、生きるしかない。

そのための術《すべ》を身につけるべく、天はあれこれと学んだ。

日常において、令和の知識や経験はほとんど役に立たなかった。現代での生活は仕組みも知らない機械に頼ることが前提で、何事も手仕事の江戸においては、竈《かまど》に火を起こせず、飯を炊《た》けず、洗濯も裁縫もろくにできず、

「本当に天狗《てんぐ》様の娘だねえ……」

と、おふゆに呆《あき》れられる、役立たずだった。

だがそれも一月あれば、なんとか形になるものだ。いまでは飯を炊くのは天の役目であったし、洗濯や、着物の繕《つくろ》いもできるようになった。天は料理は得意ではなかったが、江戸の台所事情は思ったよりも緩く、飯を炊けて味噌汁《みそしる》を作れれば十分だった。他におかずが欲しければ毎日やってくる棒手振《ぼてふ》りという商人から買えばよく、魚は頼めばその場で刺身にもしてくれるので、包丁は野菜と豆腐を切ることにしか使わなかった。

暮らし始めに天がもっとも閉口したのは臭いだった。

江戸は清潔な都市といわれているが、この時代、下水はなく、排泄物《はいせつ》は厠《かわや》と呼ばれるトイレに直結した大桶に溜められて回収を待つものだった。それがあちこちにあるのだから、当然、糞尿《ふんにょう》の臭いが江戸中に漂うことになる。風がない日などは特にひどかったが、人の体というのはよくできたもので、三日も経《た》つと慣れてしまえた。いまでは何とも思わない。

他方、風呂は望めば毎日入ることができた。まだ暑いので行水で済ますことも多かったが、おふゆの家には内風呂が備えてあったので、好きなときに使えた。だが、髪を洗うのは十日に一度ほど。洗った髪をきちんと結おうとすれば、人に頼まねばならない。天の髪はまだ短く、結えないのでしょっちゅう洗っていたが、もう少し伸びたらそうもいかなくなる。金がかかるのもだが、乾く間に冷えて風邪でも引いたら一大事だった。

病になったら、所の町医者に見てもらうか、生薬屋《きぐすり》で薬を買い求めるか、あるいは灸《きゅう》を据《す》えてもらったり、按摩《あんま》にかかったりして治す。葛根湯《かっこんとう》といった、現代でも馴染《なじ》みのある漢方薬がある一方、誰でも医者を名乗ることができたので、神頼みやおまじないと大して変わらない治療や、万病に効くと謳《うた》う怪しげな薬も少なくはなかった。押入れの行李《こうり》に押し込んである荷物の中には令和の薬がいくつか入っていたが、二度と手に入らないことを思うと簡単には使えない。なので、怪我をせず、病を得ず、健康に過ごすことが大切だった。

他に学んだことといえば、読み書きがある。

できなくともさほど不便ではないが、約束事には証文がついて回るから覚えておいて損はないと言われ、習うことにした。おふゆは、三味線の師匠を生業《なりわい》にしているゆえか教え方がとても上手《うま》く、おかげで一月で読むには困らなくなった。書く方はそう簡単ではなかったが、そもそも書く機会がほぼなかったので、焦る必要はなかった。

共に暮らす内、おふゆのことも少しだが知れた。

いま三十だが、数え方が現代とは違うので、令和でいえば二十九。天とは三つ違いだった。なのにすでにどこか老成した感があるのは、二十を過ぎると年増などと言われる時代のせいだろうか。

天と比べると背は低い。百五十はないだろう。もっともこの時代の女としては並であったので、天の方が高いということになるのだが。肉置《ししお》きがよく、声にも所作にも、どこか艶《つや》がある。伏せた目でちらりと見られると、女の天でもどきりとする。

そんなだからか、三味線を手習いに来るのはほとんど男で、うまくなるためというよりは、女師匠を口説く機会はなかろうかと通ってきている様子だった。おふゆの方ではまったく相手にしていなかったので、そうなると多少強引な手に出ようとする輩《やから》が出てきてもおかしくはなかったが、遠野伊織《とおのいおり》が後ろ盾《だて》になっていることを皆知っているからか、不埒《ふらち》な真似に及ぶ者はいなかった。

小梅町のこの家は、日本橋《にほんばし》のさる大店《おおだな》の主《あるじ》の持ち物であったとのことだった。おふゆはその男にも三味線を教えていたのだが、見初められて妾《めかけ》となり、数年前、その良人が亡くなったときに、本妻から手切れ金としてこの家と、暮らしていくのに十分な金を貰《もら》い、きれいさっぱり縁を切ったのだという。

妾とは、囲い者とも呼ばれ、現代でいえば愛人のことを指す。

天の常識に照らせば、不倫だのなんだのという話になるのだが、道徳や常識は時代によって変わる。明治以前、支配階級であった武士は家を絶やさぬために二人目、三人目の妻を持つのは普通のことであったし、文明開化が成って武士が消えても、権力者や金持ちが愛人を囲うなどという話は、百年以上のちの昭和の政治家や富豪でもあった。

そも、月に決まった額の手当てを貰って囲われるのは、一種の仕事でもあったようだ。ただの言い訳な気もするが、現代よりも向けられる目が厳しくないのは確かだった。近所の女房たちともうまくやっている。

自分の価値観は飲み込み、天はあるがままを受け入れた。郷に入れば郷に従え、というこの国らしい諺《ことわざ》に従った。だいたい居候の身で、人様の生き方に意見などおこがましい。

「伊織様とうちの人は、俳句仲間だったのよ」

とおふゆは語った。

その内、伊織が一人でも顔を出すようになったのを、初めこそおふゆは怪しんだが、それは決まって三味線の稽古《けいこ》の時分であったので、これは弟子が不埒な真似をせぬかと案じた良人が見張りによこしたに違いない、とわかってからは安心した。

だが、良人が鬼籍に入ったあともなぜか伊織との縁は切れず、今でもちょくちょく顔を出しては、時折、やっかいごとを置いていく、とおふゆは笑った。

そう聞くと、故《ゆえ》を勘繰りたくなったが、男女の仲ではないと思えた。漂う気配は、どちらかというと肉親のそれな気がする。天は天涯孤独ゆえ、本当にはわからなかったが。

「兄はいるが、家のことを任せきりで、近頃は疎遠でね」

と伊織は言うが、事実かはわからない。どうにもつかみどころのない侍《さむらい》であった。

この時代の男にしては大柄で、どこにいても目立った。上背は百八十を超えていそうだ。単《ひとえ》の上からでも、硬い肉がみっしりとついているのが見て取れたが、整った顔にはどこか童《わらし》らしさが残っている。

他方、どこか怖い感じが抜けぬのは、腰の刀のせいだろうか。

江戸も後期となれば、身分を示すだけの飾りと化している侍も多かったはずだが、根拠はないけれど、伊織の刀は違う気がした。

歳《とし》は三十半ばとのことで、月代《さかやき》を剃らずに総髪に髷《まげ》を結っている。髪型は自分の立場を表すものでもあり、頭を剃らないのは浪人に多いのだが、そうではなく、抱入《かかえいれ》の御家人だと本人は言っている。

御家人は、徳川《とくがわ》将軍家直属の家臣の内で位が一番低く、抱入は五代綱吉《つなよし》の時代から登用された家をいう。十一代家斉《いえなり》治世の文政のいま、多くの御家人は困窮《こんきゅう》していたが、伊織にそうした様子はなかった。どこぞの大商人が株を買い、手に入れた身分なのかもしれない。

実は、侍の地位は金で買える。位によって相場もあった。いつまでも『武士は喰わねど高楊枝《ようじ》』とはいかなかったらしい。

この手の知識は、元々天の頭にあったものではなく、スマホに落としてあった資料のおかげだった。いまのところソーラーバッテリーもきちんと作動しており、わからないことがあるとこっそりと調べている。いまの天にとっては、命綱だった。これが壊れたり取り上げられたりしたら、途方に暮れるしかない。

時代小説を担当していて本当に良かったとは思う一方、ひょっとしたら、そのせいでこんな夢に囚われているのかも、と考えなくもなかった。

とはいえ、いまは詮《せん》無きこと。

伊織には、初めこそあれこれと訊《き》かれたが、答えられることはほとんどなかったので、この頃は世間話しかしていない。興味が消えたわけではなかろうが、天狗の娘ということで納得したらしい。それでいいと思えてしまうこの時代の感覚は、天には奇異だったが、人生の捉《とら》え方の違いかもしれなかった。

江戸の人々の生き方は、令和と比べれば刹那《せつな》的だ。宵越《よいこ》しの金は持たない、というのは大袈裟《おおげさ》だとしても、庶民は、毎日をどう生きるか、楽しむかを一番にしている。表通りに店を構えているような大店に勤める者は別として、多くはその日暮らしで、いざ金子《きんす》が必要になってから慌《あわ》てだす。

医療が発達していないことも一因にあるのかもしれない。明日をも知れぬ、という言葉は、天にとっては単なる諺だったが、この時代の人々にはただの事実で、それが生き方に影を落としているというのも、ありうべきことだった。

彼岸《ひがん》が身近だから、神に頼み、極楽を願う。明日が知れぬゆえ、今日を楽しむ。天が人か天狗かどちらなのかなど、それで障《さわ》りがあるのならともかく、そうでないのなら、二人にとってはきっと、どちらでもよいのだろう。

ここへ置いてもらえているのは、迷惑ではないから、程度のことだと思えた。伊織が天にかかる分の金を出してくれているのも、ただの気まぐれかもしれない。

扶持《ぶち》となれば、飽きたらいつ打ち切られてもおかしくはないのだから、できたら自分の食い扶持くらいは稼ぎたい――とは思う。

働くのは、そう難しくはない。

この時代の人材派遣を担《にな》っている口入屋《くちいれや》に頼めば、様々な仕事を紹介してもらえるし、自分で勝手に始めてもいい。女の働き口の主なものは武家や商家への奉公だが、さすがに身元が不確かな女を雇ってはくれないだろう。その季節々々で必要とされるものを仕入れて売るのもいいと思うが、自分に棒手振りができるとは思えなかった。おふゆのように手に職があれば何かを指南する仕事もあるが、残念ながらそれもない。

ぐだぐだ言っていないでやってみるのが大事とわかってはいるが、平成生まれは失敗が怖い。二百年後の日本は一度しくじれば這《は》い上がれない蟻地獄《ありじごく》な社会であり、そうならないように生きるべく仕込まれてきた天には、やる前に考えてしまう癖が染み付いていた。

「気にしなくていいのに。家のことをやってもらえるだけで、ありがたいんだから」

そう言ってくれるおふゆに、いまは甘えてしまっている。

とはいえ、飯を炊き、朝餉《あさげ》のあとの洗い物を済ませてしまえば、あとは特にやることもない。着物が貴重なこの時代、生地が傷《いた》む洗濯はそう頻繁《ひんぱん》にはしなかったし、掃除も汚れが目立たなければやらなかった。瓶《かめ》の水が減ったら足すくらいだ。

おふゆが三味線を教えている間は話し相手もなく、暇だけはもてあますほどあった。ここは娯楽に乏しい。当然だがネットはなく、スマホに落としてある音楽を聞くのは、バッテリーの寿命を縮めそうでできなかった。外に出れば、相撲《すもう》や歌舞伎《かぶき》、落語などを観られるのは知っていたが、一人ではまだ行けない。

だが、退屈ではなかった。

こんな時代にも《本》はある。

先にあげた娯楽はハレの日のもので、庶民の日常の楽しみといえば、呑《の》んだり、食べたり、博打《ばくち》だったりといろいろだけれども、この家には《本》が山とあった。

江戸では、本は買うよりも借りるものだった。おふゆはとにかく乱読家で、貸本屋から何十冊も借りている他、見立《みたて》番付や瓦版《かわらばん》なども片端から買って読んでいる。天も初めは手習いとしてそれらを使っていたのだが、するすると読めるようになると楽しみに変わった。

江戸の娯楽本は、大きく二つに分けられる——『読本《よみほん》』と『草双紙《くさぞうし》』だ。

『読本』は、現代の小説に近い。文章が主体で、時折、見開きの絵が挿し込まれるスタイルは、一般小説よりも少女小説やライト文芸味がある。

代表的なものには曲亭馬琴《きょくていばきん》の『南総里見八犬伝《なんそうさとみはっけんでん》』や上田秋成《うえだあきなり》の『雨月《うげつ》物語』といった天にも馴染みのある作や、八犬伝と同じ作者の『椿説弓張月《ちんせつゆみはりづき》』がある。長編が多く『南総里見八犬伝』は完結まで二十八年の歳月を要し、文政の今はまだ刊行の初期である。

『草双紙』は、絵本の一種とでもいえばよいか。挿絵と文章が一体化していて、ふきだしのない漫画のようでもある。といっても内容は大人向けで、風刺の効いたものや滑稽《こっけい》な話が多い。一冊が十数頁《ページ》の『黄表紙《きびょうし》』と、それをまとめた『合巻《ごうかん》』があり人気を博したが、一七八七年に始まった寛政《かんせい》の改革で幕府に目をつけられ、勢いを失った。発禁になったものも多いが、そうしたものも、今も貸本屋が個人で所蔵しているのをこっそりと借りることはできる。

正直、天にはこの時代の洒落《しやれ》は、いまひとつわからなかった。笑いは時代と密接に絡んでいるからかもしれない。

そんな黄表紙の中に、興味深い一冊があった。『的中地本問屋』――『あたりやしたぢほんどいや』――作者は、十辺舎一九《じっぺんしゃいっく》。『東海道中膝栗毛《とうかいどうちゅうひざくりげ》』で有名な作家で、天もここへ来る前から名前だけは知っていた。内容は、本ができるまでを、嘘《うそ》と笑いを交えて書いたものだ。打ち合わせから始まり、製本、印刷、販売、発売祝いの打ち上げの様子までもが描かれている。

職業柄だろうか。

本当にこんなふうに本が作られているのか、少し興味が湧いた。

江戸の本は全て手作りだ。木版印刷は確立しているが印刷機はまだなく、全ての頁を一枚一枚手で刷って綴《と》じている。

それを見てみたい、と思った。

二

「本を作るところ？　また奇なものを見たいのだね」

饅頭《まんじゅう》を土産《みやげ》に小梅町を訪れた伊織にそれとなく請うと、面白がるような不思議な顔をされた。この時代、女がそのようなものに興味を抱くことが稀《まれ》なのかもしれなかったが、拒まれはせず、

「伝手《つて》がないわけではないが……まあ、聞いてみよう」

と請け負ってくれた。

数日して、

「許しが出たよ」

と告げられ、当日は伊織も同行してくれることになった。

ありがたい申し出だった。もう言葉に不自由はないが、細かいしきたりまで完全に身についたとはいえず、立ったまま襖《ふすま》を開けてしまったのと同様、ひょんなことから相手の機嫌を損ねるかもしれない。そんなとき伊織が一緒なら、助け舟を出してもらえるはずだ。

取材というわけではないから下調べはいらないのだが、それでもいちおう、わかる範囲のことは頭に入れておいた。といっても、スマホに落としておいたざっくりとした資料から得た知識と、『的中地本問屋《あたりやしたぢほんどいや》』の内容程度のものであったが。

今日はよく晴れていたが、道中であまり目立ちたくはなかったので、天は手拭《てぬぐ》いでだらりと頬《ほお》かむりをし、伸び切っていない髪を隠した。着物はおふゆにもらった柿色格子《こうし》柄の小袖《こそで》の単で、今では帯も何とか一人で結べるようになった。

伊織は朱色の棒縞《ぼうじま》の着物に黒羽織の出で立ちで、腰にはいつものように大小の刀を差している。縦縞のはたらきか、いつもよりも背が高く見える。髷に珊瑚珠《さんごだま》の簪《かんざし》を挿しているのは、お洒落なのだろうか。おふゆが袖で口元を隠して笑いを嚙《か》み殺したところを見ると、並みの装いではないようだ。

昼四つ（午前十時）に、

「それじゃあ、いってきます」

と、小梅町の家をあとにして、伊織の知り合いの地本問屋《じほんどいや》があるという、神田明神《かんだみょうじん》に近い花房町《はなぶさちょう》へ向かった。現代に照らせば、秋葉原《あきはばら》のすぐ近くということになる。将来スカイツリーが建つことになる向島《むこうじま》からだと、かなり遠そうに思えるが、実は半刻（一時間）も歩けば辿《たど》り着くことができる。

江戸の通りは、からりと乾いた今日のような日は、とても埃《ほこり》っぽかった。当然、現代のようにアスファルトで舗装などされていないので、道は土がむき出しで、風の強い日には舞い上がった土埃で口の中がじゃりじゃりとする。一転、雨ともなれば道はたちまちぬかるんで、まともに歩けなくなるのだから質が悪かった。雪駄《せった》や下駄や草履《ぞうり》を素足で履《は》くのだから、すぐに汚れる。この時代、帰ったらまず足を洗わなければどうにもならない。足袋《たび》を履いていたら、一度で洗濯だ。小説の描写で読んでいたときは、江戸の人は綺麗《きれい》好きなのだな、と思っていたのだが、なるほどこれが理由か、と実感した。

「ほら、ここだ」

そう言って伊織が立ち止まったのは、神田川に沿って走る火除広道から少し外れた表通りの店の前で、看板と暖簾《のれん》には『地本問屋　浅倉堂《あさくらどう》』とあった。小さな戸口の前には縁台が置かれ、腰掛けて手に取れる場所に派手な色使いの錦絵がずらりと並んでいる。

歌舞伎役者や花魁《おいらん》、美人と名高い茶屋娘などが描かれたそれを皆が買い求め、うっとりと眺めたり装いを真似たりするのは、現代でいえば、錦絵に描かれる人はインフルエンサーで、地本問屋はそれを発信する公式のSNS。もっと雑多で真偽入り混じる非公式なSNSが瓦版といえるかもしれない。

本は、店の奥の棚に横置きに積まれていた。直接手にとって眺めることはできないようで、梁《はり》にべたべたとさがる貼紙で在庫を知ることができる。売切御免、とあるのは、在庫限りということだろうか。多色刷りであってもペラ一枚の錦絵に比べると、きちんと製本をしなければならない本は値段も高い。さほど売れないのかもしれない。実際、おふゆの家にある本は、ほとんどが借り物だ。

「おおい、いるかい？」

伊織がそう声をかけると、

「これはこれは、遠野様」

店の奥から目の細い老爺《ろうや》がひょいと顔を出した。白くなった髪を上品に細髷に結い上げており、着物もずいぶんと良いものに見えた。

「お待ち申しておりました。そちらが例の……」

老爺の細い目が僅《わず》かに開いて、天を見た。伊織が自分をどう説明したのか気になったが、ここは黙っておく。伊織は軽く肯《うなず》くと、

「本を作るところが見たいと言うのでな。すまないがよろしく頼む」

「よろしゅうございますよ。――お初にお目にかかります。浅倉堂の主、信兵衛《しんべえ》と申します」

「そ、天です」

どうにもぎこちなく、天は頭を下げた。落ちそうになる手拭いを押さえたせいもある。主は何も言わなかったが、目は明らかに奇異なものを見るそれであった。

「……ささ。お回りくださいまし」

促《うなが》され、天は伊織のあとについて木戸を抜け、裏に回った。この時代、客は店に入ることなく買い物をする。大店でも、客が履物《はきもの》を脱ぐことはまずない。これはいちいち足の汚れを落とさずに済むという理由があるのかもしれない。

裏口から店に入ると、表ではわからなかった墨《すみ》の匂いに、天は久しぶりにわくわくした。

「伊織さま、久しぶり」

水を張った桶を手に現れた娘が、気さくに笑いかけてきた。やあ、と答えて上がり框《かまち》に腰をかけた伊織の汚れた足を、躊躇《ためら》いもなく洗う様子に、天は驚いた。口には出さなかったが顔に出てしまったのか、何か？　と言いたげに娘が首を傾《かし》げたのに対して、天は、

「いえ……自分でやらないんだな、って思って」

と言ってしまった。

しまった、と思ったが遅い。娘は、不可思議なものを見るかのような顔になった。不気味なもの、と言った方がよいか。人は理解のできないことに出会うと恐れを抱く。いまの娘の顔はそれだった。未来のあたりまえは、ここでは異質なものなのだ。

「おみよちゃん。天さんは、いろんなことを忘れてしまっているんだ。時折、おかしなことを言うかもしれないけれど、そのせいだから勘弁しておくれ」

伊織がやんわりとそう言ってくれ、おみよ、と呼ばれた娘は、なあんだ、と笑んだ。

おかしいのはそっちでしょう、と喉《のど》まで出かかったのを、天はなんとか飲み込んだ。令和の価値観を振りかざして、伊織の骨折りを台無しにするのは違う。

「おや、そうでしたか」

奥から現れた主人が、にこにこと言った。

「いまだ頬かむりをしたままなのも、なるほどそれならばわかります」

「いえ……これは髪がまだちょっと」

手拭いの端をいじりながら、天は口ごもった。さすがに、家の中に入ったら被り物を脱ぐくらいの常識は持ち合わせている。だが、今の天の髪形はこの時代の女性としてはありえない短さだから、驚かせたくなくて取らなかったのだ。

「いや、天さんは何者かに髪を切られてしまったんだ。今はまるで禿《かむろ》でね。だから伸びるまでそうして隠しておくように俺が言ったのさ」

「なんと……そうでしたか。それは失礼を申しました」

主に深々と頭を下げられ、天はもごもごと、平気です、と口篭《ごも》りながら足を洗った。この時代の人々の素直さには面食らう。どうしてこう言われたままに受け入れてしまえるのか。これが都合のいい夢だから、と言えばそれまでだが。

「……伊織さま、わたし、お嫁に行くんだよ」

桶の水を通りにざあと捨てながら、おみよが言った。背中を向けているので顔は見えなかったが、恥ずかしげな、そして、どこか寂しげな声だった。

そうか、と伊織は微笑《ほほえ》んだ。

「じゃあもう、おみよさんだな」

「いいよいいよ。伊織さまにそんなふうに呼ばれたら、くすぐったいもの」

あはは、と笑う。

「おみよちゃんは、いくつになった？」

「十七でございます」

おみよではなく、答えたのは信兵衛だった。

「老いてからの子ゆえ、あれこれと気を揉みましたが、無事、嫁に出せます」

「どこに嫁ぐんだね？」

「四谷御門《よつやごもん》近くの薬種問屋、笹森屋《ささもりや》でございます」

思い出すように、伊織は首を捻《ひね》った。

「あそこの一人息子は、確か、十六じゃなかったか？」

「はい。京での修業から戻ってお店を継ぐにあたって嫁を、という話になり、おみよは丁度よかろう、と株仲間の紹介にて。祝言は十日後に」

「そうかい。それは何よりだ」

大きく頷《うなず》いた伊織を振り返ったおみよが偽《いつわ》りなく嬉《うれ》しそうであったので、天は何も言わなかった。伊織は、『誰』にではなく、『どこ』に、と言った。江戸において結婚とは、人がするのではなく家がするのだ、と何かで読んだのを、突きつけられた気がした。恋愛の末に結ばれることもないわけではないが、多くは誰かの紹介で、武士ともなると結婚式の当日まで相手の顔を知らぬこともあるとか。令和とは何もかもが違う。

「さ、こちらへ」

信兵衛に促され、伊織のあとについて店の奥へとついていこうとすると、

「天さん、先に」

と言われた。

「俺の後ろにいては、見えないし、話も聞きにくいだろう?」

「いいんですか?」

女は男の三歩後ろを歩かなければいけないのではなかったか。

「天さんに見せるために、ここへ連れてきたんだ。俺は後ろで構わない」

「ありがとうございます……」

伊織の微笑と髷に指した簪を見ながら、この人はやはり変わっている、と天は思った。価値観が何もかも違うこの夢を耐えられるよう、現代に近い考えを持つ相手を、自分が無意識に創造したのだろうか。

そう考えて、天は心中で嘆息した。

わかるわけもなかった。そも、これが夢だとは限らないのだから。本当に過去へ来てしまったということだって在《あ》りうる。ちっとも目が覚めやしないし、現実感が在りすぎる。

ぐっと喉が絞まって、息ができなくなりそうになった。

(……追いかけちゃ駄目)

油断をするとじわりと湧き上がってくる気持ちを、天は押さえつけた。この疑問を突き詰めていったら心が持たない。おふゆの家の二階で目が覚めたときにぱちんと落ちたブレーカーが、上がってしまう。そうしたら、きっと壊れる。いっそ、その方が楽かもしれないが、こんな不条理に負けたくはなかった。

「この生業のことを、どのくらいご存じで？」

自分が聞かれたのだと気づいて、天は、ええと、と答えた。

「……『的中地本問屋』は読んでます。それで、実のところを見てみたいと遠野様にお願いいたしましたら、こちらへ」

「なるほど。あの本はよく売れましたからね。うらやましいことです」

廊下を歩きながら、信兵衛は笑った。

「うちは栄邑堂《えいゆうどう》さんと違って、こぢんまりとやらせてもらっているので、彫りも刷りも外に頼むことなく、自分たちでやっております」

あとで調べてわかったことだが、栄邑堂とは深川《ふかがわ》に店を構える地本問屋で、村田屋《むらたや》とも称す治郎兵衛《じろべえ》という男が切り盛りをしており、『的中地本問屋』と同じ作者のベストセラー『東海道中膝栗毛』を出版している、いわゆる大手のようだった。

奥へ進むと、ぞりっぞりっ、と木を彫る音がした。部屋を覗《のぞ》くと男が一人、背中を向けて板の間に座っていた。尻を端折《はしょ》り、袖《そで》を肩まで捲《まく》り上げて絞っている。肩は大きく盛り上がり、むき出しの二の腕はまるで丸太だった。

「彫り師の貝助《かいすけ》です。貝助は通いですが、この頃はずっとうちの版木を彫ってくれています」

男は目の前に据えられた机から顔を上げず、木屑《きくず》に埋もれながら一心不乱に彫刻刀を揮っている。こちらの声が聞こえていないのか、手を止めることはなかった。

「腕は確かで、妹の雪枝《ゆきえ》も瓦版を彫っているんでございますよ」

兄妹《きょうだい》で同じ職人だなんてすごいですね、と言おうとした天の言葉を遮《さえぎ》って、

「あっしの仕事を瓦版なんぞと一緒にしねえでくだせえ、旦那《だんな》」

どろどろと太鼓《たいこ》が鳴るような声で、貝助が口を開いた。

「女の身で職人なんて、うちの親も泣いてまさあ。おみよちゃんを見習って、とっとと嫁に行きやがれってんだ」

かちんときたが、天は口をつぐんだ。これがこの時代の感覚なのだ。受け入れがたいが、貝助が時代遅れなわけではなく、こうした考えがまだ百年以上も続く。

それに、ここで言い争えば、口を利いてくれた伊織の顔を潰しかねない。それは避けるべきだった。武士にとって体面は何より大事だと、担当作家に聞いたことがある。そのためには人も斬《き》るし、腹を切ることも厭《いと》わないのが、侍《さむらい》であると。

信兵衛は、貝助の言葉は聞き流し、

「さて、ご存じのように、本はまず、先生に戯作《げさく》を書いてもらわねば、話が始まりません」

と、逸《そ》れた話を引き戻した。

「これがなかなか難儀でございまして、昼に夜に、おだてたり、叱り飛ばしたりして、ようやくできあがります」

そのあたりは今も昔も――今も未来も、か――同じということか。むしろ、令和の方が楽かもしれない。作家が締め切りを守らないことは年中あるが、きちんと連絡を入れる人の方が多い。むしろイラストレーターの方が気を遣う。いついつまでにと頼んで、出来上がっていないのは、まあいい。よくはないが、連絡がつかなくなるのが一番困る。

「次に、版木絵を絵師に頼みます。戯作者がこれこれこういうものをと描いた下絵を絵師に渡し、見栄えよく仕上げてもらいます。できあがりましたら、草双紙ならばその絵の間に、読本であれば横に、筆耕が文を書き入れていきます」

「イラス――挿絵の指定も作者がするんですか？　編集者ではなく？」

「へんしうしゃ、というのは存じ上げませぬが、どのような絵を入れるかは、はい、戯作者が行います。中にはご自身で描かれる方も――あなたが読んだ『的中地本問屋』の絵は十辺舎先生の筆ですよ」

天は、なるほど、と頷いた。

令和でも、このシーンにイラストを、と提案してくるライトノベル作家はいた。とはいえ、全体のバランスなどもあるので、どこにどんなイラストを入れるかは最終的にはこちらに任せてもらっていたが、こだわる人はこだわった。

投稿サイトでは、ＡＩに描かせたイラストを使っている人も少なくなく、書籍化の際にはそれを生かすという話を聞いたこともある。そう考えると、時代が戻った感がある。

「できあがった版木絵をひっくりかえして板に貼り、刷るところを残して彫り上げるのが、そこで行われている《彫り》です」

ぞりっ、ぞりっ、と木屑が飛ぶ。

「貝助がいま彫っているのは錦絵ですが、作業としては同じものです」

「一枚仕上げるのに、どのくらいかかるんですか?」

「ものによって違いますが、貝助ならば草紙は二日というところでしょうか」

それが早いのか遅いのかはわからなかったが、黄表紙ならば、一ヶ月弱でようやく一冊分の版木が仕上がるということか。そこから、刷って、折って、綴じて、と考えると、恐ろしく手間がかかる。

伊織が腰を屈めて、床に置いてあった何枚もの絵を手にした。貝助がじろりと伊織を睨《にら》んだが、もう何も言わなかった。

「北斎《ほくさい》かい?」

ぱらりとめくりながら伊織は、天も知っている巨匠の名を口にした。

葛飾《かつしか》北斎――『冨嶽《ふがく》三十六景《けい》』で有名な、江戸時代を代表する画家の一人だ。特に有名なのは、波濤《はとう》の音が聞こえてくるような迫力のある『神奈川沖浪裏《かながわおきなみうら》』で、誰しも一度は目にしたことがあるだろう。他に燃えるような赤富士の『凱風快晴《がいふうかいせい》』も有名だ。漫画の祖ともいわれ、曲亭馬琴と組んで『椿説弓張月』の挿絵も描いている。

「だが、御大の筆じゃないね？」

「おわかりになりますか」

さすが、と言いたげに、信兵衛は頷いた。

これらは北斎本人が描いたものではない、ということだろうか。その不信が顔に出てしまっていたのか、伊織は天に絵の束を差し出しながら、

「贋作《がんさく》ってわけじゃない。こいつは弟子の筆さ」

絵を受けとり、天も見てみた。一見、同じに見えるが、確かに微妙にタッチが違う――気がする。よくよく見れば、だけれども。この程度であれば、版木にして刷ってしまえばわからなくなるはずだ。

「錦絵において葛飾北斎の名は、一人の絵師ではなく一門を指すのさ。そうでなくて、何十枚もの北斎作の錦絵が、市井《しせい》に出回るわけがなかろう？」

つまり、ブランド名のようなものか。中世のヨーロッパでも、工房を構えて弟子を抱え、自分の名前で多くの絵を世に送り出していたから、それと同じ仕組みだろう。

「にしても、この時分に錦絵をやっていて、正月の初売りに間に合うのかい？」

伊織がそう訊くと信兵衛は、

「うちは来年、新作は出さぬつもりなのですよ」

と言った。

江戸時代、新刊は正月にまとめて発行されることがほとんどで、次の年までは既刊の増刷しか行われない、と天は資料で読んだことがあった。

「ほう？　戯作者が逃げたのかい？」

茶化す言葉に、主は笑った。

「それは毎度のことですから、大したことではございません。そうではなく、おみよが嫁に行くので、手が足りぬようになるのです。うちは身内で細々と商いをしておりますから、一人抜ければ回らなくなります」

「誰か雇えばいいじゃないか」

「新たに金をかけても、元が取れるほどうちの本は売れませんからねえ。売れっ子の先生に頼もうと思っても、栄邑堂さんや耕書堂《こうしょどう》さんが押さえてしまっていて、うちなどが入る隙間《すきま》はございませんよ」

時代が変わっても、そういう話は身につまされる。天も、何人もの売れっ子作家に原稿を頼んでは、断られた経験がある。書店でその作家の新刊を見かけると、何とも言えぬ心地になったものだった。

「おみよさんは、どんな仕事をなさっているんですか？」

天が訊《たず》ねると、伊織の後ろについてきていた本人が、

「丁合《ちょうあ》いの済んだ草紙に表紙を掛けて、それから綴じるのが、わたしの役目」

と答えてくれた。

「大して難しくはないけれど、とにかく数が多いから大変なの。すぐに手が痛くなるし、針で指を突いて血で草紙を汚したりしたら、ひどく怒られるし」

「売り物なのだからあたりまえだ」

信兵衛が急に厳しく言って、おみよは首を竦《すく》めた。そうしつつも舌を出していたので、少しも堪《こた》えてはいない様子だったが。

「……版木が仕上がりましたら、刷りに移ります」

娘の話はこれまで、と信兵衛は隣の部屋に移り、天たちはあとに続いた。

「錦絵と違い、草双紙は墨摺《ず》りですので一枚で済みます」

次の部屋には誰もいなかったが、ぷん、と濃い墨の匂いが漂い、台の上に墨が塗られた版木があり、後ろにも何枚も重ねられていた。見開き二頁で版木が一枚いるのだから、黄表紙本で十数枚、読本ともなれば何十枚も必要なわけで、本一冊分でも相当に場所を取るはずだった。

「これは、一回刷ったら捨ててしまうというわけではないんですよね?」

「もちろんです。初刷りを売り切ったら、また刷ります」

「じゃあ、版木をしまっておくの、大変じゃありませんか? 他に錦絵も刷っているみたいですし。そっちはそっちで何枚も必要でしょう?」

単色の草双紙と違って、一枚の紙に何色もの色を乗せていく多色刷りの錦絵は、色の数だけ版木がいる。店先には何枚もの錦絵が置いてあったから、その分だけ、色の数だけ、版木が必要で、それは膨大な数になるはずだった。

ほう、と信兵衛の目が僅かに細められた気がした。

「仰《おっしゃ》る通りです。使わない版木は、蔵を借りてそこに置いております。必要になったらここへ運んで刷り、用が済んだら戻します。あとは仲間内で売り買いをしたりもしますが、まあ、浮世の流行《はや》り廃《すた》りは飛ぶ鳥がごとく。用の済んだものは薪《まき》にしてしまいます」

なるほど。勿体《もったい》無いとは思うが、そうでもしなければ、蔵はたちまち版木で溢《あふ》れかえってしまうだろう。表の梁の貼紙の分だけでも相当な数だ。売切御免、とあった本は、すでに版木がないのかもしれない。

「今日はおりませんが、うちは刷りも通いの職人一人に任せております。——では、次へ参りましょう」

隣の間に行くと、ここにも様々な道具が置かれていて、中には場違いなものもあった。大きな包丁だ。用途は『的中地本問屋』で読んで知っている。なにもここで料理をしようというのではなく、揃《そろ》えて重ねた紙の、天地や小口を切って揃えるために使うのだ。隅《すみ》に机が重ねて置かれており、紐《ひも》で縛られた紙の束や、綴じの済んだ本も積まれていた。ここは墨の匂いより、紙のそれが混じって、新しい本の匂いに満ちている。

（ああ、落ち着く……）

やはり自分はどうしようもなく本が好きなのだ、と思い知らされる。この匂いだけで、まとわりついてはなれない不安が、陽《ひ》に照らされた朝靄《あさもや》のように薄らぐのだから。

「ここで仕上げの作業を行います。刷り上った草紙を重ねて折鞍《おりくら》で半分に折り、重ねてくせをつけます。くせがついたものを順番に並べることを丁合いと申します——このあたりは『的中地本問屋』をお読みなら、ご存じでしょう」

天は頷いた。だが、実際の道具を見るとまた別の感慨がある。折鞍というのは三角形の木材だが、ずいぶんと年季が入っている。

丁合いが済むと、草紙はようやく一冊の本らしくなり、あとは表紙を掛けて、最後に全てを紐で綴じれば完成となる。和本の綴じは縫《ぬ》い物だからなのか、女の仕事だと『的中地本問屋』には記されていた。

十辺舎一九の本では、丁合い、天地断ち、表紙掛け、綴じは、それぞれ別の場所で行われていたが、あれは話の流れ上そうしただけで、実際は流れで一度にやってしまうものなのかもしれない。彫りと刷りは職人芸だが、他は慣れれば自分にもできそう、と天は思った。

すると、心を読んだわけでもあるまいが、伊織が信兵衛に、

「どうだい？　おみよちゃんの代わりに、この女を雇っちゃあ」

え？　と思わず声が出てしまった。

「見物をしたいだなんていうくらいだ。書物がよほど好きなんだろう。世に、好きこそ物の上手なりけれ、という諺もある。少し仕込めば役に立つんじゃないかね」

突然の申し出に、信兵衛は、ふうむ、と唸《うな》った。

焦った天が、

「遠野様！　い、いきなりなにを……」

おろおろと言い立てると、伊織はにっこりと笑み、

「いつまでもただ飯ぐらいの居候ってのも心地が悪い、そう思っていたんじゃないかい？」

図星をついてきた。

だが、そうであっても、今日は本当に興味本位で訪ねただけで、この時代でも本作りに携《たずさ》わりたいと考えていたわけではなかった。棒手振りよりは向いていると思うが、しかし、何もかもが手作業の本作りはやったことがなかった。著者校すらデータでチェックし、紙を触るのは見本が届いたとき、という本もあった時代から来たのだ。

「そうしてくれると助かるわあ……おとっつぁんに、しばらくは通いで来いって言われて困ってたの。嫁いだばかりで毎日実家に戻るって体裁が悪いし、向こうの御両親にも良く思われないに決まってるもの」

おみよがそう言ったのが、決定的だった。

「では、お願いいたしましょうか。あ。もちろん、天さんがよろしければの話ですが」

三人に見つめられて、天はむずむずした。確かに、働かなくては、と考えてはいたが、まさか、こんな流れになろうとは。

しかし、これも縁。

目の前に差し出された好機はとりあえずつかんでみる、というのが天の生き方だった。

やらずにあとで後悔するくらいなら、やったことで後悔をしたい。

「……お願いします」

天は『浅倉堂』の主、信兵衛に向かい、深々と頭を下げた。

三

話はとんとんと進み、給金やその他のこともあれよと決まり、天は明日から『浅倉堂』に通うこととなった。仕事を覚えるまでは、給金は伊織が出し、一人でできるようになったら店が払うと決められた。さすがにそれは伊織に何の得もない、と天は断ったのだが、そう思うなら一日も早く仕事を覚えてくれ、と取り合ってはもらえなかった。

二人が店をあとにした頃には、刻《とき》は昼の九ツ（おおよそ正午）を少し過ぎていた。すっかり腹が空いていて、小さく虫が鳴いてしまった。

「何か食っていくかい？」

笑いながら言う顔が小憎らしく、背中を小突きたくなるのを我慢して、はい、と答えた。

「何が食べたい？」

「肉」

即答してしまった。

飛鳥《あすか》時代に肉食禁止令が出され、それから明治になるまでの約千二百年の間、日本人は表向きほとんど肉を食べなかった。棒手振りが売りに来るのは野菜と魚ばかりで、新鮮な生肉は見たことがない。肉食を忌避《きひ》するのは仏教の影響だといわれているが、それとは別に、輸送の問題があるのではないだろうか、と天は思っている。冷蔵技術と呼べるようなものがないから、新鮮なものを売ろうと思ったらその場で捌《さば》くしかない。魚ならばともかく、軒先《のきさき》で牛を解体するわけにもいかぬし、鳥であっても相当に血が流れる。血は長く穢《けが》れと捉えられてきた。この時代はまだその意識が濃いから、そんな真似をしたら叩き出されるだろう。

とはいえ、肉がまったく食べられていなかったわけではない。農耕の労働力であった牛馬は別として、猪《いのしし》や鹿を出す料理屋もあったし、鳥ならば生肉が手に入れば家で焼いたり鍋にしたりもする。表向きには禁じられているから、猪は山鯨《やまくじら》や牡丹《ぼたん》、鹿肉は紅葉《もみじ》と言い換えたりしていたが、正体は誰でも知っており、これらの隠語はある種、自分への言い訳であろう。僧が、禁じられている酒を、般若湯《はんにゃとう》と呼んだりするのと同じだ。

こっちへ来てから、魚と野菜と米しか食べていなかった。どれもこれもうまいのだが、肉食に慣らされた体がどうしようもなく欲していて、考えるよりも先に口走ってしまっていた。

「肉か……鍋にはまだ早いが、たまにはよいな。鳥ならば軍鶏《しゃも》か鴨《かも》だが――」

鳥は肉としては淡白なので、もっとがっつりとした肉が食べたかった。牛が駄目ならば鹿か猪だが、鹿はあの愛らしい姿を思い出してしまうので少し抵抗がある。猪であれば前に付き合いで食べたことがあり、あのときも鍋だったが、おいしかった。

「猪がいいです」

きっぱりと言うと、伊織は面白がるような笑みを浮かべて、ふうむ、と首を捻った。

「よし。少し歩くが『きばや』にするか。あそこの牡丹鍋はなかなかよい」

もちろん、天に否《いな》はなかった。

それからおおよそ一刻弱（約九十分）、天は、伊織と他愛もない話をしながら歩いた。

この侍は、自分のことはのらりくらりと語らなかったが、退屈もしなければ、話が途切れることもなかった。主な話は、天がここへ来てからの苦労で、どうしたってたまに洩《も》れてしまう現代のことについては、本気で信じているのかはわからなかったが、天狗の里はやはりずいぶんと違うのだな、と笑っていた。

江戸は百万都市ともいわれたが、自動車のないこの時代、通りは全てが歩行者天国といってよく、混雑とは無縁だった。時折、大八車が通ったりはするが、それでも現代の車社会とは比べ物にならない快適さだ。どこでも人が主役だった。

大店がずらりと居並ぶ、江戸の商いの中心である日本橋界隈《かいわい》を抜け、永代橋《えいたいばし》を渡った先、本所《ほんじょ》深川の富岡八幡宮《とみおかはちまんぐう》の東、水路を挟んで社《やしろ》を望む場所に『きばや』は店を構えていた。この屋号は、木場が近いのと猪の牙をかけた洒落のつもりとのこと。軒先に下がる看板には『御料理ももんじ』とある。ももんじ、とは獣肉《じゅうにく》を指す。牡丹とだけ書かれていないということは、猪だけではなく他の肉も扱っているのかもしれない。

(牛肉もあるかな)

ごくりと喉が鳴ってしまった。見込みは低いだろうが、訊いてみたくもある。以前、どこかの藩が徳川将軍へ牛肉の味噌漬けを献上したという話を読んだことがあるから、牛食いは完全に禁忌というわけではない。とはいえ、店の主が農村の出の場合、牛馬に関しては仏教の教えとは別の思い入れがあるかもしれぬので、何事も伊織に確かめてからがよいだろう。

「ごめんよ」

伊織が暖簾をくぐると、

「はぁい」

元気な声と共に、奥からぱたぱたと草履を鳴らして女が現れた。まくった袖を襷《たすき》で留めた腕で前掛けを揉んでいて、眉もあり、鉄漿《かね》も塗っていないが、歳は天よりも上に見える。この歳で女房でないのなら、通いの仲居だろうか。

「あれ、遠野様。ご無沙汰《ぶさた》ですねぇ」

「そうだったか?」

「そうですよう。前にいらしたのは、初午《はつうま》のころじゃないですかぁ」

初午とは如月《きさらぎ》(現代では三月頃)の最初の午の日を指すから、半年以上も前だ。まだ寒さもきつい時分だから、目当ては牡丹鍋だったのだろうか。

「夏に鍋は遠慮したいからな」

「汗をかきながら食べるのも、乙なものなんですがねぇ」

なんでわからないか、と言いたげに、女は首を捻った。本当にそう思っているらしい。

江戸の夏は、令和に比べるとずっと涼しいとは思うが、夏には違いない。どうせなら冷たいもの、さっぱりしたものを食べたい。そう思うのが天だけではないことを、がらんとした店が明かしている。だが、今日の天は、肉が食べたかった。そのために汗みずくになっても、己の汗で溺れることになっても、肉を食べたかった。

「繁盛は……しているとは言えないか」

「好きな人は好きなんだけどねぇ」

女は、あはは、と笑った。さっぱりとした、いい笑いだった。

「けど、来てくれたってことは、食べに来てくれたんだよねぇ？」

「俺がってより、この人がな。どうしても肉がいいって言うから、連れて来た」

「ふうん……」

珍しいのだろう。女は天を眺めて、

「……肉、好きなの？」

頷くと、女は破顔した。

「そりゃあ、当たりだよぉ。うちは抱えの猟師がいるから、江戸で一番うまい肉が食えるんだもの。鍋だけじゃなくて、山椒《さんしょう》を混ぜた味噌を塗った肉を焼いて出したりもするんだけど、あんたも食べてみる？」

はい、と思わぬ大きな声が出てしまい、天は、思ってもみなかった自分の食い意地に呆れながら、熱くなった顔を手で扇《あお》いだ。

「ありゃまあ、うれしいねぇ」

女はくつくつと笑ったが、商いの上の世辞ではなく、本心に思えた。

「天さん。この人は『きばや』の主、かやさんだ。料理もこの人が作る」

伊織がそう教えてくれ、天は驚いた。この時代、女の料理人は珍しい。その上、扱うのが獣肉とは。だが、あの破顔もそれならばわかる。己が料理に興味を持ってもらえたのが、嬉しかったのだろう。

「よろしくお願いします」

と言ったら、笑われた。使い方がおかしかったのだろうか。いつもの部屋は空いているか、と伊織が問うと、見りゃあわかるでしょうに、とまた笑った。

この店は、こぢんまりとしてはいるがちゃんとした料理屋のようで、一階も座敷以外に席はなかった。天は足を洗って伊織と共に急な階段を二階に上がった。中に入り、障子窓を開けると遠くに江戸城が見えた。かつては天守閣《てんしゅかく》が聳《そび》えていたのだが、江戸時代の初期に起きた大火によって消失し、以来、再建されることがなかった。城らしい眺めは、いくつか見える櫓《やぐら》くらいなもので、令和にも存在している。

部屋に座布団はなく、畳《たたみ》にじかに座るのがあたりまえだったが、場所が定まっていないというのは、相手との距離を測りかねて少し落ち着かない。先に座ってよいものかどうかも迷う。結局、伊織が座るのを待って、鍋の分の場所を空けて向かいに正座した。足は、この一月あまりですっかり慣れて痺《しび》れなくなった。

「はいはい、おまちどう」

どしどしと大きな足音を立てて、かやが重ねた膳を運んできた。膳には、空の小皿と箸《はし》、あとは小鉢が乗っていた。

「小茄子《こなす》の煮浸しだね」

「そうだよぅ。又吉《またきち》さんが肉と一緒にたくさん持ってきたんで、ちょいと辛めに煮含めて冷やしたんだ」

伊織が、ひとつつまんだ。

「へえ。酢を入れたのか」

「さっぱりするでしょう？　阿蘭陀膾《おらんだなます》のやり方でちょいと工夫してみたら、これがなかなか肉に合ったんだぁ。気に入ったならまだまだあるから、平らげちまってもいいよぅ」

おらんだなます、とは、油で揚げた鮭《さけ》や肉を酢漬けにする、所謂《いわゆる》『南蛮《なんばん》漬け』のことだと、あとで知った。その料理法は、江戸においては数少ない交易相手であったオランダの船員から伝わったものらしい。それをどうして江戸の庶民が知っているのかといえば、これは本のおかげだ。『百珍料理』というひとつの素材で百の料理を作るというふれこみの本を初め、江戸には多彩な料理書が存在した。もっとも庶民はほとんど凝《こ》った料理はしないから、もっぱら読み物として楽しんだのではないかと思われる。

「……働き口のこと、勝手に進めて悪かったかな？」

鍋はもうちょい待ってねぇ、と言ってかやが下がると、伊織は手酌《てじゃく》で猪口《ちょこ》に酒を注ぎながら、そう言った。天が酌をする間もなかった。するべきか、と戸惑ったせいもあるが、させるつもりもなかったようだ。

「他にやりたい生業があるなら、俺から断りを入れるから言ってくれ」

「いえ」

天は首を振った。

「ありがたかったです。……本作りには、多少、馴染みがあるみたいなので」

「何か思い出したのかい？」

「そういうわけではないんですけど、版元の真似のようなことをしていたようだという、ぼんやりとした覚えがあります」

「そうか。ならば浅倉堂で働く内に、もっと思い出すやもしれぬな」

はい、と天は答えたが、ちくりと胸が痛まないでもなかった。思い出すも何も全て覚えているのだから。この人なら、未来から来た、と言っても、そうか、の一言で済ましてしまいそうな気もするが、確信はない。面白がってくれればよいが、これは手に負えぬ、と奉行所に引き渡されたくはない。

「けど、どうしてですか？　身元も明かせぬ女に、こんなに良くしてくれるなんて」

天は、前から聞いてみたかったことを口にした。これがあんたの都合のいい夢だから、という答えが返ってくるかもと期待したが、

「別に、天さんが初めてってわけじゃない。どこかの小僧だったり、犬猫だったり、行き当たる端から関わるものだから、おふゆさんによく叱られる。俺もついあの人を頼ってしまうのは悪いと思っているのだが、性分はなかなか変えられぬ」

伊織は、少しはにかんだように笑んだ。

不意打ちの笑顔に、天は、どきりとしてしまった。年上のはずなのに、こんなふうに子供っぽく笑うのはずるい。

（まあ、でも……そんなもんか）

特別な意味などなかった。

そのことに、天は少しだけ落胆《らくたん》した。どうやらどこかで、この世界において自分は特別なのでは、と期待していたらしい。だが、物語のようにはいかないものだ。

とはいえ、半ば予想もしていた。おふゆから、伊織が持ってくるやっかいごとの愚痴《ぐち》を、いくつも聞いていたので。もっとも、立て板に水を流すように喋《しゃべ》りながら、どこか嬉しそうでもあったけれど。

「はぁい、おまちどうさまぁ」

どすどすと階段を昇って、襖を開け放したままであった戸口から、鍋の乗った箱火鉢を抱えて、かやが入ってきた。天と伊織の間に音も立てずに置く。相当に重いのだろう。二の腕はこんもりと盛り上がって、筋が浮いていた。

「わあ」

思わず声が出てしまった。

火鉢の上で湯気を立てる鍋の中には、茸《きのこ》と葱《ねぎ》と薄切りにした肉がぎっちりと詰まって、くつくつと煮えていた。味噌の匂いが食欲をそそる。このところの食事では感じることのなかった衝動が込み上げてくるのがわかった。乱暴な食欲とでもいえばよいか。

「あの、あの、ごはんありますか?」

「あらまあ。もちろんあるよぅ。用意するから、食べててねぇ」

かやは笑いながら出て行き、天はごくりと唾《つば》を飲み込んで、ちら、と伊織を見た。どうぞ、と頷くのを確認してから、

「いただきます」

きちんと手を合わせて取り箸を手にし、煮える鍋から肉を数枚小皿に移した。逸《はや》る気持ちでもどかしく己の箸に持ち替えて、口に運ぶ。

「ふぐっ！」

またしても、変な声が出てしまった。うまい。猪の肉はくせはあるがほとんど臭みがなく、味噌をまとった脂《あぶら》がとても甘かった。薄切りでも肉の弾力はしっかりと感じられ、噛むごとに旨《うま》みが口に広がって、涙が出そうだった。

久しぶりの肉。鳥肌が立った。こんなにも体が欲していたのかと思い知らされ、言い知れぬ活力が、ふつふつと湧いてくるような気がした。

ああ。飯――白い飯を早く。

「はいよぅ」

応《こた》えるように、かやが御櫃《おひつ》と共に現れた。

「ごはんと……こっちが味噌焼きねぇ」

大きめの皿に、厚めに切った肉を田楽《でんがく》に刺し、山椒味噌を塗って焼いた肉が乗っていた。焦《こ》げた味噌と脂の香りがたまらない。矢も立ててもたまらずかぶりつく。山椒の爽《さわ》やかな辛味が舌を刺し、それが獰猛《どうもう》な食欲をさらに暴れさせた。口の端から垂れそうになる肉汁を啜《すす》り、飯をかっ込む。

（あー、幸せ……）

天は、咀嚼《そしやく》しながら染み渡っていく幸福を全身で感じた。

「うれしいねぇ」

かやの声で我に返った。向かいで伊織が猪口を手に笑んでいて、その瞳は幼子《おさなご》を見守るがごとくやわらかく、天は急に恥ずかしくなった。だが、手は止まらない。鉄は熱いうちに打たなければならぬように、料理も冷めぬうちに食べるのが、作り手に対しての礼儀だ。

天は、栗鼠《りす》もかくやと口いっぱいに猪肉を、飯を頬張り、今だけは何もかも忘れ、ただ食べることに無我となった。

第参話
蟷螂同心、山上弥一郎

一

山上弥一郎《やまがみやいちろう》は、三十俵二人扶持《ぶち》の御家人である。

妻はあるが、四十一にしていまだ子には恵まれておらず、家の末を案ずる親戚からは養子を勧められてはいるものの、のらりくらりとかわしている。代々、南町《みなみまち》奉行所の定廻《じょうまわ》り同心の役に就いており、町の平穏を守っているという自負はあった。

江戸の街は、南北二つの奉行所で全ての治安を担《にな》っている。奉行所とは、裁判所と警察、両方の役目を持つ役所で、大岡《おおおか》裁きで名高い大岡越前守《えちぜんのかみ》や、実際にはなかった桜吹雪の刺青《いれずみ》で知られた遠山金四郎《とおやまきんしろう》——遠山佐衛門少尉景元《さえもんのしょうじょうかげもと》ら、組織の長《おさ》である奉行は、捕り物を行う警察機構のトップというよりも裁判官であり、実際に事件の捜査、犯人の捕縛といった警察の役目を担っていたのは、配下の与力と同心であった。

そこで働く人数は凡《およ》そ三百人程度で、その人数で八百八町《はっぴゃくやちょう》全てに目が届くはずもなく、実働部隊員である同心は、私費で手足となる者たちを雇い、目を光らせていた。

三十俵は、現代の価値に直すと四、五百万だから、独り身ならば楽に暮らせるが、家庭を持てばその年収で家族を養わねばならず（この時代、武家の妻が外で働くことはなかった）、加えて手下の給金は経費では落ちなかったので、金はいくらあっても足りなかった。

この男も、その一人であるのだが。

十分とはいえぬ手当てで、江戸で知らぬ者のいない日本橋《にほんばし》の呉服屋で仕立てた鶯《うぐいす》色の弁慶格子《べんけいごうし》の袷《あわせ》に漆黒《しっこく》の羽織という小洒落《こじゃれ》た身なりでいられるのは、何故か。その役目を悪用し、あちこちで袖《そで》の下――賄賂《わいろ》を貰《もら》っているからであった。

山上の定廻り同心という役は、捕り物の際に実際に捕縛に出張る、現代でいう刑事のようなものだ。普段は、縄張りにしている賑やかな処をぶらぶらとして、あちこちの店に顔を出しては心付けを要求し、無銭で飲み食いをし、人に頭を下げさせるのが好きな男だった。

鶯色を好み、ひょろりとした猫背の体格と、尖《とが》った顎《あご》に目玉がぎょろりとして、腰に二本を差していたことから、人々からは《蟷螂《かまきり》同心》と陰口《かげぐち》を叩かれていた。

そんな男が、天狗《てんぐ》の娘の話を聞いたのは、文月《ふみづき》も終わる頃であった。

人々は、江戸の三大月見の先陣を切る《二十六夜待ち》を楽しむべく、高輪《たかなわ》の浜辺にずらりと並んだ屋台を巡り、海に屋形船をぎちぎちと浮かべ、月を眺めて浮世を忘れた。この日は、阿弥陀三尊《あみださんぞん》が月光の中に現れるといわれているが、山上は一度も見たことがない。

とはいえ、楽しみのあとは口も軽くなる。

「ちょいと、妙な話を聞いたんですが」

と、言ってきたのは、手下の一人で浅草を根城にしていた元は巾着切《きんちゃくきり》（スリのこと）の市太《いちた》で、その話とは、雷門《かみなりもん》前の広小路にすさまじい雷光が落ちたあとに、女が現れたというものだった。ほとんどの者は家に閉じこもり、戸の隙間《すきま》から朧《おぼろ》な姿を見ただけであったが、番所に詰めていた老爺《ろうや》が蛮勇《ばんゆう》を振り絞って飛び出したのだという。

いままで耳に入らなかったのは、処の連中が祟《たた》られることを怖れて口をつぐんでいたに違いなかった。時が経《た》ち、どうやら祟りはなさそうだ、と思ったのだろう。

山上はさほど神仏を恐れてはいないが、それでも、体に巣食った蟲《むし》が庚申《こうしん》の夜にこっそりと抜け出して天帝に悪行を注進されるの怖れて、柴又《しばまた》の帝釈天《たいしゃくてん》に参る程度には信心がある。

それにしても、すさまじい雷光、というのが気に食わなかった。

弥一郎は何より雷が苦手だった。もはや童《わらし》ではないので臍《へそ》を取られるなどとは思わぬが、あの天を破るがごとき雷鳴には、いまでも心底震え上がる。それもあって普段から、雷門などという物騒な名前の門がある浅草には、あまり近寄らぬようにしていた。

とはいえ、そんな話を聞いてしまっては、役目柄、放っておくわけにもいかない――というのは建前で、そうした噂《うわさ》の裏には大抵なにかうまい話が隠れているものだ。

ぶらりと浅草に赴き、そこの番太郎《ばんたろう》に徳利《とっくり》を見せると、

「いやあ、驚いたのなんの」

番屋に詰める老爺の口は、酒の一献《いっこん》でたちまち軽く開いた。本当は誰かに話したくてたまらなかったのだろう。奇妙な形《なり》と髪をした女を刺股《さすまた》で押さえ込んだこと、おっとりと現れた侍《さむらい》が女を引き取っていったことをべらべらと喋《しゃべ》った。

「ありゃあ、天狗の娘ですよ！　旦那《だんな》もそう言ってた！」

その侍の名を聞いた山上は、ほう、と内心でほくそ笑んだ。

（遠野伊織《とおのいおり》……）

女は正直どうでもよかったが、連れ去った侍が伊織となれば捨て置けぬ。彼奴《きやつ》が面倒ごとを持ち込む場所は決まっている。これはおふゆの家に顔を出すよい口実になると思い、山上は尖った顋を撫《な》でながら、うふ、と笑った。

二

「ごめんよ。おふゆさん、いるかい?」

表からかかった男の声に、おふゆはあからさまに顔を顰《しか》めた。三味線《しゃみせん》を習いに来ていた弟子が帰って、その男が差し入れてくれた薄皮の饅頭《まんじゅう》を、天《そら》が入れた茶を飲みながら食べようとしていたときだった。

「天ちゃん、二階に隠れていて。ったく……そのうち来るだろうって、伊織の旦那が言ってた通りになった」

おふゆに湯呑《ゆのみ》を持たされた天は、

「あの、どういう――」

「事情はあとで話すから。急いで。静かにね」

否応《いやおう》もなく、部屋から追い出されてしまった。とはいえ、おふゆがこれほど露骨に嫌悪を示すところを見るのは初めてだったので、天は大人しく従って、静かに階段を上がった。

部屋に入り、どうしようかと考え、ちゃんと隠れておいた方がいいかもしれない、と押入れに籠《こも》ることにした。

「……どちらさまで？」

おふゆの声は二階にいても聞こえる。現代の家と違って、防音対策など施《ほどこ》されてはいないので、階下の声や物音もどうしようもなく通る。それはつまりこちらの音も筒抜けということだから、襖《ふすま》を閉めた押入れの暗がりで、天は息を殺してじっと動かぬように努めた。

どこか湿っぽい、くぐもった笑いがした。

「わかってるだろうに。山上だよ。ちょいと聞きたいことがあるんだ」

「はいはい、ちょいとお待ちくださいな」

気の進まなさを隠さず、引き戸を開ける音がした。

「ひさしぶりだね、おふゆさん。このところ、忙しくて顔を見せられなくてすまないね」

「構いませんよ。旦那に教えられることはもう何もありませんと申し上げたじゃないですか。どうぞもっと腕のいい師匠のもとへ通ってくださいな」

「私は、おふゆさんに教わりたいんだよ」

ねっとりと絡むような声音《こわね》に、天は眉を顰《ひそ》めた。媚《こ》びが滲《にじ》んでいて、気持ちが悪い。どんな男か見てみたかったが、おふゆが隠れていろと言ったのだから、我慢した。

どうやら男はおふゆに三味線を習っていたらしい。どうせ端《はな》から真面目に習う気はなくて、美人の師匠が目当てだったのだろう。そういう弟子は少なくはないが、もう来るなと言われたということは、度が過ぎた真似をしたに違いない。

「その敷居を跨《また》いだら、上に告げますよ?」

ぴしゃりと言うと、男が舌打ちをしたのが聞こえた。この場合の上というのは、男の店の主《あるじ》かなにかということだろうか。

「……まあいいさ。今日はこっちの御用で来たんだ」

「八丁堀《はっちょうぼり》の?」

それを聞いた途端、天は緊張で、ひゅっと喉《のど》が鳴りそうになった。八丁堀は地名だが、奉行所の与力や同心の役宅があることから、彼らを指す隠語でもある。つまり、いま階下にいるのは、この時代の刑事ということだ。

この家でもっとも怪しいのは自分だ。隠れろと言われた意味がようやくわかった。伊織はとうにこれを見越して、おふゆに策を与えていたということだろうか。

「ちょいと小耳に挟んだんだが……遠野伊織が、ここへ怪しげな女を連れてこなかったか?」

「どんな女です?」

「奇妙な形《なり》と髪をした年増女だ。雷門の前に雷鳴と共に現れたのを、祟りがあるとか言って番太郎を黙らせて連れ去った。あの男がやっかいごとを持ち込む先は、おふゆさんの処と決まってるだろう？　だから何か知らないかと思ってね」

「なんだ、そのことですか」

おふゆはあっさりと認めてしまい、天は驚いて物音を立ててしまいそうになった。伊織の策とは、やっかいごとだとわかったらとっとと放り出してしまえ、ということだったのか、との考えがよぎったが、ならばわざわざ隠れるように言うはずはない、と思い至り、少し落ち着くことができた。

「その人は、わたしの従姉妹《いとこ》ですよ」

「従姉妹だと？」

「はい。おかしな形をしたり、童のように髪を切ったりと手に負えないので、しばらくうちで面倒を見ることになったんです。ところが、そんな娘でございましょう？　待ち合わせの刻限に現れなくて、伊織の旦那に探してきてもらったんです」

「おいおい、そんなもの、ちょいと調べれば本当のところはわかる話だぜ？」

「どうぞご随意《ずいい》に」

笑いを含んだおふゆの言葉に、

「なら、その娘にちょいと会わせてもらおうか」

男の声には明らかに怒りと焦りが滲んでいたが、それをおふゆは、さらりと受け流して、

「いまは居《お》りません。そのうちに帰ってくるでしょうが、夜になるか、明日になるか」

惚《とぼ》けた答えを返した。

「待たせて――は、もらえなさそうだな」

「はい」

けんもほろろ、という態度であった。今度こそ、男が怒り出すのではないかと、天ははらはらしたが、

「……そうかい。なら、出直すとしよう」

「ご苦労様でした」

おふゆがそう返し、引き戸の閉まる音がした。天は、自分を探しに来たのがどんな男か検《あらた》めておきたくなったが、迂闊《うかつ》に外を覗《のぞ》くと向こうも見ている気がして、なんとか堪《こら》えた。

「……もういいよ、天さん」

しばらくして、階下からそうおふゆの声がして、天はほっとした。それほど長い間ではなかったのに、少し動くと体が軋《きし》んだ。

押入れから這《は》い出すときに、ふと目に留まったものがあった。紐《ひも》で括《くく》られた紙の束。前

にも一度、見た覚えがある。そのときは、何が書いてあるかまったくわからなかったのだが、今は読むことができた。

「これって――」

紐をほどき、天は紙を捲《めく》った。それは――まぎれもない《小説》であった。

三

いつまで経っても下りてこないことを案じて二階に上がってきたおふゆは、押入れの中でうずくまる天を見て、その理由を知って、ものすごい悲鳴を上げた。

殺される人間の最後の一声とはこういうものではなかろうか、と思うほどの声だった。

さすがの天も我に返り、原稿から顔を上げた。そう――原稿だ。押入れにあったのは、小説の原稿だった。挿絵無しで二百頁《ページ》ほどもありそうだったので途中までしか読めなかったが、それでもわかる。これは面白い。内容は、読本《よみほん》では定番の『大店の若旦那と町娘の恋模様』で、目新しさはないがぐいぐいと読ませる。先が気になる。

おふゆは、普段の落ち着きをかなぐり捨てて、天の手から原稿をひったくった。二度と取られまいと、ぎゅう、と抱きかかえる。

「よ、読んだのっ⁉」

夢であってくれ、と願うがごとき声だった。残念ながら天が首肯《しゅこう》すると、おふゆの顔は茹《ゆ》で蛸《だこ》もかくやと真っ赤になった。体は震え、腕の中で紙の何枚かがつぶされた。ああもうどうして、どうしよう、という声が聞こえてきそうな煩悶《はんもん》の様だった。

「それ、おふゆさんが？」

書いたのか、という意味で、天は聞いた。おふゆは観念したものか、大きく溜息をつくと、こっくりと頷《うなず》いた。それにしてもこの反応は、原稿というより日記を読まれてしまったかのようだった。いや、ひょっとして己が娘時代の思い出を、ただの日記では飽き足らず、物語の形に仕立てて残しておいたのだろうか？

だとしたら、勝手に読んでしまったのは申し訳ない。

とはいえ、押入れの奥に意味ありげに置かれている原稿があったら、編集者としては読まないわけがない。日記、と書《か》いてあれば遠慮もしたが、紙束の形で積まれてあれば、読む。読んでしまう。他に選択肢はないし、そうでなくては、編集者などやっていない。

「ひょっとして、それ……自伝だったりしましたか？」

「ええっ⁉」

　おふゆは目を瞠《みは》った。ただでさえ大きな瞳がこぼれ落ちてしまうのでは、と心配になる。

「と、とんでもない！　こんなのは、ただの与太話《よたばなし》に決まってるでしょう⁉」

　この慌《あわ》てぶりは誤魔化しているわけではなく、そんな恥ずかしいことを誰がするものか、と動揺しているのだと思えた。

「よかった」

　天が呟《つぶや》くと、おふゆは小娘のようにむくれた。

「よくなんかないわよ。こんな恥ずかしいものを見られてしまって……ああもう、油断した。すっかり忘れてた」

「いつ書いたんですか？」

「今年の春ごろ。左手を痛めてしまって三味をしばらく休んだときに、手慰《てなぐさ》みに。ほら、字は右手が無事なら書けるでしょう？」

「にしては、大作ですね」

「書き始めたら興が乗っちゃって……けれど、所詮《しょせん》はお遊びよ。こんな情物、ありきたりで、どこかで読んだ筋でしょう？」

　情物、というのは、恋愛小説のことだ。のちに為永春水《ためながしゅんすい》が『春色梅児誉美《しゅんしょくうめごよみ》』にて、こうした話を《人情本》と呼び広めるまでは、呼び方はいろいろとあったが、情物とも称されていた。現代で好まれる、好いた惚《ほ》れたといったものよりも、生きるの死ぬのといったどろどろとした話が多いのは、時代の差であろう。何しろ、歌舞伎《かぶき》で心中物が流行《はや》って真似をする者があとを絶たず、上演禁止になったことがあるほどだ。

「最後まで読んでいないから、それは何とも──」

「読ませないわよ⁉」

おふゆは、原稿の束をますます抱きしめてしまい、渡すまいとした。残念。この様子では拝み倒しても駄目だろう。

「でも、面白かったですよ?」

天がそう言うと、おふゆははっきりとうろたえた。

きっと、他人に評されるのが初めてなのだ。創作には必ず自己が投影される。誉められるにしろ、駄目を出されるにしろ、それは心に直接触れられるに等しい。だから望外に嬉《うれ》しいし、時に──トラブルにもなる。

事故にあったときのことを思い出してしまったが、遠い夢の出来事のようだった。あんなことはめったにないが、それを恐れて当たり障《さわ》りのないことは言えない。作者の《心》と向き合うのだから、こちらも真剣に立ち向かう。それが編集者だ。

まあ、いまはただの居候《いそうろう》だけれども。

「……本当？」

探るようなおふゆに、天はしっかりと頷いてみせた。

「情物と大きく括ってしまえば、つまるところは同じなのかもしないけど、そこへ至る筋は違うものだし、大切なのは、読ませることができるか、だと思います。おふゆさんの書いた話は先が気になりますし、人物にも惹《ひ》かれます」

「あ、ありがとう……」

明らかに先刻とは別の意味で、おふゆは赤くなった。先ほどが茹でた蛸なら、いまは熟した桃だ。嬉しさが滲んでいる。おふゆは、自分でつぶしてしまった原稿を大事そうに伸ばして、綺麗《きれい》に揃《そろ》えて抱えた。これならば、その内に気が変わって、読ませてくれるかもしれない。気長に、折々に頼んでみよう。

そういえば、と天は大事なことを思い出した。

「さっきのあれ、誰ですか？」

途端、おふゆの顔は曇《くも》った。ああ あれ、とひどく嫌そうに言って、

「八丁堀よ。南町奉行所の同心で、名を山上弥一郎。前にここへ通ってきていたんだけど、あんまりしつこく言い寄ってくるから、破門にしたの。そりゃあわたしだって、ここへ来

る男どものほとんどが、真面目に三味を習う気がないことくらいわかっているけれど、わきまえて楽しむのが筋ってもの。それができないなら通うには足らない」

きりりと言い切るおふゆは、なんとも粋《いき》だった。

「だけど、お役目がお役目でしょう？　見廻りと称して、ああしてやってくることがあるの。きっとそのうち天ちゃんのことも嗅《か》ぎつけるだろうから、気をつけるようにって、遠野の旦那に言われてたのよ」

そんなふうに気にかけてもらえていたとは、ありがたいことだった。呼び方もいつの間にか、天さんから天ちゃんになって、近しさを感じている。だが同時にこれは、自分がこの時代にとっては異物であることを、思い知らされる話でもあった。

江戸では何事も連帯責任が基本だった。仕組みとして、町ごとにある程度の自治を認める代わりに、何かあれば上が責めを負わされるようになっている。だから顔役は、自分の町に誰が住んでいるのかをきっちりと把握《はあく》しようと努めるし、何かあればすぐに耳に入る仕組みになっている。江戸は、何処《どこ》の誰かもわからぬ人間が、安穏と生きていける町ではなかった。誰もがいずれかの寺社の檀家《だんか》であり、現代の住民票のような役目をする寺社の宗門人別改帳《しゅうもんにんべつあらためちょう》に載っていなければ、無宿人と見なされて様々な制限を受ける。いままでは幸運だったのだ。

「けど、従姉妹って……」

「ああ、聞こえてたんだ。そう。天ちゃんは、わたしの従姉妹ってことにしてあるから」

おふゆは事も無げに言ったが、そんなものは調べればすぐに違うとわかってしまうのではないだろうか。その不安が顔に出てしまったのか、

「大丈夫よ。そのあたりは遠野の旦那がうまくやってくれたから。ちゃあんと寺請《てらうけ》証文もあるし、改帳にもわたしの従姉妹で載ってる。どうやったかは知らないし、知りたくもないけど、あの旦那は、そういうことができちゃうのよねえ」

怖い怖い、とおふゆは笑った。

「さあ、お饅頭を食べましょう？　お茶も冷めちゃったわねえ」

「あ、淹《い》れ直します」

天がそう申し出ると、おふゆは、じゃあお願い、と答えて部屋を出た。その胸にしっかりと抱かれた原稿を押入れにしまい直すつもりはないようで、それは残念だった。

ともあれ、自分にきちんとした身分があることが知れたのは良かった。寄る辺なくふわふわとしていた心地に、釘が一本打ち込まれて大地に縫《ぬ》い止められた感じだった。

だが一方で、ここの人間になっていく実感が、じわりと別の不安も生んだ——もうこの夢から覚めることはないのでは、二度と帰れないのでは、という、そのことを。

四

（うぬ……）

小梅町《こうめちよう》の家を、けんもほろろに追い払われた山上は、熾火《おきび》のようにくすぶる苛立《いらだ》ちに胃の腑《ふ》の辺りを焼かれながら、水戸《みと》藩邸の塀に沿って足取りも重く浅草へ戻る道すがら、一番会いたくない相手と、ばったりと出くわす羽目になった。

遠野伊織である。

橋を渡る伊織は、遠目からもすぐにそれと知れた。顔だけならば優男に見えるが、歌舞伎に語られる戦国武者のように背が高くがっしりとしていて、ひょろりとした己では腕っぷしで到底叶わぬことは明らかだった。

それに、どうにも得体が知れぬ。

遠野という家は確かにあり、伊織という人物も確かにいるのだが、とても同じ男とは思えなかった。手下に探らせたこともあったのだが、その男はそれきり行方が知れなくなり、翌日には上役の与力に呼び出され、構うべからず、ときつく申し渡された。

ぞっとするものを覚えて、以来、身上を探る真似はしていない。だが、癪《しやく》な気持ちは抑えられるものではなかった。自分はおふゆに野良犬のように追い払われるのに、あの男は嬉々《きき》として招き入れられている。それが癇《かん》に障って仕方がない。

とはいえ、正面切って対峙《たいじ》する勇ましさもなく、こそこそと川沿いの柳の下に隠れてやり過ごしたかったが、柳腰とたとえにも使われるその幹は細く、いくらひょろりとした山上であっても、隠れることは不可能だった。ならば反対は、と見ても、延々と白壁が続く。

さすがに諦《あきら》め、もとより丸まっている背中をより丸め、歩を進めた。

（俺が顔を出せば、ちょいとした大店でも、手を揉みながら袖に銀の小粒でも忍ばせてくるってのに）

山上は、伊織にどうしても気負けしてしまう己に、反吐《へど》をかけてやりたかった。どうせあの男はこのあとおふゆの家に行き、自分のことを笑い話に使うに決まっている。おふゆもおふゆで、意気地のない男、と笑うに違いない。

（いっそ、斬《き》ってしまおうか）

すれ違ったところを、後ろからばっさりと――その様は、うっとりとする景色だったが、そんなことをすれば、死罪は免《まぬが》れない。腹を切るなど、真っ平御免だった。あれを名誉だと思える連中は、いかれている。金も女も生きていてこそだ。

いや、そもそも斬れるとも思えぬ。返り討ちが関の山だろう。

そんなことを考えている内に、伊織との間は、たちまち逃げも隠れもできぬところまで詰まってしまった。

「これは、山上さん」

そう声をかけられては、立ち止まらないわけにはいかぬ。にこにこと笑みを浮かべる端整な顔に拳《こぶし》を入れてやりたいのをぐっと堪え、山上は、へこり、と頭を下げた。

「どうも」

「お勤めご苦労様です」

心にもないことを言って、伊織も頭を下げた。

「……遠野殿はこれから、おふゆさんをお訪ねに？」

「ええ。馴染《なじ》みの菓子処が新しい大福を出したので、それを頼まれて。なんでも小豆《あずき》ではなく豌豆《えんどう》を使った餡《あん》だそうで、薄い求肥《ぎゅうひ》に緑の餡子《あんこ》が透けて美しいと評判で、ずいぶんと並びました。山上殿も御新造に買って帰っては？」

「いやあ……」

そんな真似ができるか、と思いながら、山上は誤魔化すように笑った。菓子で女の機嫌を取るなど、男のすることではない。おふゆもおふゆだ。市井《しせい》の女が、武士に菓子を買ってこいと頼むとは。それだけ気兼ねのない間柄と言いたいのかもしれないが、守るべき節度というものがあろう。

「ところで」

不意に、伊織の瞳がすっと細くなって、瞳の奥に光が凝《こ》った。

「雷門の番太郎に聞きましたか」

ぎくり、とした。突然、伊織の体が元の何倍も大きくなったような気がして、山上は固唾《かたずのん》を呑んだ。剣の稽古《けいこ》をしていると、時折、これと同じような心地になることがある。どうしたって敵わない相手に感じるのと同じものだ。

「お、おふゆさんの……従姉妹だとか。いちおう、改めだけはしておこうと思いまして。何しろあの男、おかしなことを言うものですから」

「雷と共に落ちてきた、天狗の娘」

山上が頷くと、伊織は笑った。

「やれやれ。あの番太郎は酒が過ぎて困る。天さんは、たまたまあそこを通りかかったときに落ちてきた雷に驚いて、腰を抜かしていただけですよ」

（天、というのか。おふゆの従姉妹は）

名を知れたのは、収穫だった。奇妙な形をした女、と、奇妙な形をした天という女、では集まる情報の確度が違う。

「その従姉妹、大丈夫なんでしょうね？」

問題を起こせば、累はおふゆにも及ぶ。あまりになびかぬようなら、そうして気を晴らすのもよいかもしれぬが、伊織の仕返しが恐ろしかった。

「ええ。いまは私の伝手《つて》で、花房町《はなぶさちょう》の地本問屋《じほんどいや》『浅倉堂《あさくらどう》』で働いていますよ。覚えが早い、と主から誉められています」

「そうですか」

山上は曖昧《あいまい》に頷いた。あそこの娘はこの間、嫁に出たはずだから、その穴を埋めるために雇ったのだろう。なんにしても、手下に少し目を配らせておいた方がよいな、と山上は思った。よけいな金はかかるが仕方がない。どこのひょうたんから駒が出てくるか、わからないのが世の常だ。

「そういえば山上さん、こちらの方はまだ続けておられますか」

伊織はそう言うと、筆で何かを書く真似をした。

道楽の戯作《げさく》書きを言っているのだとわかった。山上は、かつての同僚が戯作者となったのを知って買い求め、これならば自分にも書ける、と思い、暇なときに書いていた。

伊織は、何かの折りにおふゆに話したのを聞いたのだ。書き上げたら見せてください、とこの男に言われたとき、腹を切る羽目になってもいいから殺そう、と本気で思った。実際に刀を抜く度胸は、結局、なかったが。

武士ならば、男ならば、何かで名を成したい欲がある。しかし、戦国の世ならいざしらず、平穏な御世ではその術《すべ》はなきに等しかった。だが、戯作であればそれも叶う。『金々《きんきん》先生栄花夢《せんせいえいがのゆめ》』の恋川春町《こいかわはるまち》も武士であったし、十辺舎一九《じっぺんしゃいっく》は自分と同じ同心の子だ。

あの程度の作でよいのなら、自分にも書ける――そう思い、筆を取って数年。いまだに書き上げてはいない。だが、頭を読むだけで傑作だとわかる代物《しろもの》だ。それなのに。

(忌々《いまいま》しい)

嫌なことを思い出してしまい、山上は喉に込み上げる苦さに口が歪《ゆが》むのを堪えた。

よりにもよって『浅倉堂』とは。

因縁《いんねん》があるとしか思えなかった。どうせ大作になるのだから頭だけでも草紙にしてもよいのだぞ、とあの店に持ち込んだことがある。なのに主は、

『書き上げてから、もう一度お持ちください』

と、ろくに読みもせずに断った。

以来、何かしくじりはしないかと目を光らせているが、中々に手堅い。禁書をこっそり

と売ってはおらぬかと調べさせたこともあるが、決まりはきっちりと守っていた。

山上のそんな鬱々《うつうつ》とした思いには気づいた様子もなく、伊織は呑気《のんき》に、

「私も俳句を嗜《たしな》んではいますが、中々に難しいものですな。いつもいつも師匠に手酷《てひど》く評されておりますよ」

(てめえの下手糞《へたくそ》な句と一緒にするんじゃねえ！)

心の内でそう吐き捨てた山上だったが、乾いた笑いを洩《も》らすに留めることができた。だがいつまでも保たぬ。この男と対峙していると、じわじわと惨《みじ》めになってくる。

「それでは拙者、役目がありますので、これにて」

引き攣《つ》り笑いを顔に貼り付けたまま、山上は軽く会釈をして、伊織の脇を通り抜けた。

「お気をつけて」

心にもない言葉が飛んできて背中に当たったが、山上は振り向かず、隅田川《すみだがわ》に向かった。

あの男がこれからおふゆと大福を喰うのかと思うと腸《はらわた》が煮えくり返った。

(いまに見てやがれ)

そんな捨て台詞《ぜりふ》を胸中で吐きつつ、この憂《う》さをどう晴らそうか、と幾つかの店や、いいなりになる女の顔を思い出し、暗い悦《よろこ》びに浸る山上弥一郎であった。

第四話
新たな主

一

江戸は葉月《はづき》となった。

いよいよ本格的に秋の気配も深まり、肌を撫《な》でる風にも涼しさを感じることができた。現代ではいまだ残暑の厳しい頃合だが、二百年前の東京の気温はずいぶんと低かった。

この月の十五日には、放生会《ほうじようえ》という慣わしがあった。殺生を戒《いまし》める仏教の儀で、生き物を放すことで功徳《くどく》を得ようというのだ。そのための鳥、魚、虫を大勢の棒手振《ぼてふ》りが売りに来て、おふゆの家でも亀を買い求め、深川《ふかがわ》の万年橋《まんねんばし》の下で放した。この日はさすがに、かやの『きばや』も店を休んだようだ。

橋からの帰り途、天《そら》らは芒《すすき》と団子を買い求め、家の二階で月が昇るのを待って、おふゆと二人、十五夜の月見を楽しんだ。月明かりの下、おふゆが弾いてくれた三味線《しやみせん》は、しっとりとしてとても風情があった。翌日、良いものを聞かせてもらった、と近所の人々があれこれと差し入れてくれ、その中に里芋《さといも》がたっぷりとあったので、芋煮を作ってこれをふるまって返したりもした。

都会ではとんと見なくなった人の繋《つな》がりだった。もちろん良いことばかりではないが、天はそれほど嫌いではなかった。この時代、そうでなければ生きていけない、という事情もあろうが、ずいぶんと心強いものだ。いま自分が何とか暮らしていけているのも、こうした人の気質があってこそだった。現代で誰が、素性の知れぬ女と一緒に暮らしてくれようか。

いまはおふゆの従姉妹《いとこ》となり、地本問屋《じほんどいや》での仕事も手に入れ、髪型の他は怪しまれる点はなくなったといえよう。山上という同心も、あれきり顔を見せてはいない。改帳《あらためちょう》に不備を見つけられなかったのだろう。

相変わらず一向に目が覚める気配はなかったが、近頃は焦ることもなくなっていた。覚めるときには覚めるだろう、と妙な達観を、天は得ていた。諦《あきら》めとは少し違う。とどのつまり、天はここでの暮らしを存外、気に入っているのだ。かつてを思えば不便極まりないはずだが、住めば都の言葉の通り、慣れてしまえばどうということはない。スマホもいまではほとんど触ることはなかった。充電だけは欠かさないようにしてはいたが。

不満といえば、おふゆが例の原稿を、あれきり読ませてはくれないことくらいだった。おそらくは一階の箪笥《たんす》の中だろうが、勝手に漁るわけにもいかぬ。

だが、

(もったいない)

そう思ってしまう。

おふゆには、間違いなく戯作《げさく》の才能があった。あっと驚かせるような題材を思いつくことができても、それを面白く書けなければ小説としては成立しない。読み手を引き込む技術を、おふゆは持っている。それが天性のものなのか、たくさんの本を読んで獲得したものかはわからないが、とにかくおふゆには物語を面白く読ませる才があった。

それを活かしたい、と編集者としての血が騒ぐ。いまのところ本人が乗り気ではないので、無理に勧めることはしなかったが。あまりしつこくして嫌われたくはなかったし、どう活かせばよいのか具体的な考えがあるわけでもない。才のある戯作者がいるのですが、と『浅倉堂《あさくらどう》』の主《あるじ》に売り込む? それはできようが、そのためにはまず、おふゆにあの原稿を貸してもらう必要がある。残念ながらいまはどう振っても、その目は出なさそうだった。

ようやく仕事に慣れたばかりでもあるし、気長に勧めていればその内に、おふゆも原稿を読ませてくれ、主に話をする機会も訪れるだろう。それまでに目が覚めなければ、だが。

などと、天は考えていたのだが——。

「……すまないが、店を畳もうと思っているんだよ」

ある日のこと。

店の者を集めた『浅倉堂』の主、信兵衛《しんべえ》は、突如《とつじょ》、そんなことを言いだした。浮かされた熱がいまだ冷めぬ、深川八幡祭《はちまんまつり》の翌日のことである。

『わっしょい！』の掛け声がまだ耳に残っていたし、天もおふゆと共に神輿《みこし》に向かっておひねりを投げて、年がいもなくはしゃいだ。人出はすさまじく、かつては重みで橋が落ちたこともあったというが、それで控えるような江戸っ子ではない。

存分に騒ぎ、だが、そんな祭りの夢を覚ますのに足る、突然の宣告であった。

「ど、どういうことで？」

彫りの途中で呼び出されて不機嫌なのを隠そうともしなかった貝助《かいすけ》も、寝耳に水であったのか、明らかにうろたえていた。手伝いの女たちも困惑したように顔を見合わせている。それは天も同様で、初め何を言われたのかわからず、しばらくしてようやく理解が追いつくと、見えぬ手で喉《のど》を絞められた心地になった。

「何で、そんな急に……」

貝助の声が震えているのは、怒りのためか。

信兵衛は嘆息すると、

「黙っていたが、もうずっと体の調子が悪いのだよ。娘も無事に嫁に出せたことだし、湯治に出ようと思ってね」

この時代の湯治は医療行為だ。数年にわたる長逗留《とうりゅう》も珍しくはない。場合によっては二度と江戸に帰ってこないこともある。そもそも旅行が気軽にできぬ。移動は基本、徒歩。目当ての温泉次第では、着くまでに何ヶ月もかかることもあるのだから、店を畳むのも道理だった。

「そういうわけだから、堪忍《かんにん》しておくれ。望むなら、他の問屋に口も利こう」

職人と通いの女たちは顔を見合わせ、それならまあ、と諦《あきら》めた声で答え、貝助は口をへの字に結んで黙っていた。

天は、どう受け止めればいいのか、わからなかった。どうしようもないことは、わかる。文句を言える立場でないこともわきまえている。しかし、あまりに急な話だった。出社したらいきなり『うちは倒産する』と言われたようなものだ。気持ちが追いつかない。

「——そいつは、残念だな」

いつの間に来ていたのか、そんなことを言ったのは、伊織《いおり》だった。

「これは遠野《とおの》様……」

ばつが悪そうな笑みを、信兵衛は浮かべた。

この頃、伊織は店によく顔を出す。毎日とは言わないが、数日おきには必ずやってきていた。預けた手前、気にかけてくれているのかもしれない。それは頼《たの》もしかったが、こうも頻繁《ひんぱん》だと、本当にこの男は普段何をしているのだろう、と首を傾《かし》げてしまう。

「大見得を切って天さんを引き受けておいて、投げ出すような形になってしまい、申し訳もございません」

「……そんなに悪いのかね？」

「どうやら、そのようでして」

信兵衛は事も無げに答えたが、その淡々《たんたん》とした様子が逆に、実は病が重いことを表しているように、天には思えた。

「そうか」

伊織も察したのか、信兵衛を止めはしなかった。

「ですが、天さんが望むなら、別の問屋に責任を持って話を通しましょう」

「それはありがたいが……」

伊織は、ちらりと天を見た。

「ここの株はどうするのかね？」

株とは文字通り、現代で言う株式の株だ。幕府から書物の発行を許されているのは『地本問屋仲間』というカルテルの株の所有者だけで、それ以外の者が勝手に出版することは許されていなかった。江戸の出版物でメジャーなのは瓦版《かわらばん》だが、あれは普段目溢《めこぼ》しをされているだけで実は違法であり、時折、岡っ引きに追い回されているのを見ることがある。

「仲間の誰かに譲ろうかと思っています。それを湯治の当座の金に当てようかと」

「なら、俺に譲ってはくれまいか？」

予想もしていなかった申し出に、その場にいた誰もが、は？　となった。

「遠野様が、地本問屋をおやりになるので？」

「うむ。かねて句集を出したいと思っていたのだが、どこの問屋もなかなか色良い返事をくれなくてな。主にも断られたであろう？」

信兵衛は困ったような顔になった。伊織の句はさほどにひどいのだろうか。

「ならば己が地本問屋になるのがいっとう早い、と考えていたのだ」

伊織はにやりと笑ったが、皆、ぽかんとしていた。気持ちはわかる。これは、自分の本を出したいから出版社を買ってしまえ、というような話だ。放蕩《ほうとう》が過ぎるというものだろう。

「そうしていただけるなら、私は構いませぬが……遠野様がここを回すので？」

「いや。俺は句集を出せればそれでよい。店は誰かに任せることになるだろう」

そう言って、伊織はまた天を見た。

（……ええ⁉　まさか、わたし⁉）

そんなことはあるまい、と思いたかったが、伊織のいたずら小僧のような笑みが、それが当たりであることを明かしていると思え、天は激しく動揺した。

「頼むよ、天さん」

その場にいた全員が、思ってもみなかったなりゆきに、阿呆《あほう》のように、ぽかんと口を開けて何も言えなかった。無論、天もだ。

夢想だにしなかった。この江戸で、自分がまた本を作る立場になるなど。もちろんまだ引き受けると決まったわけではないが。

だが、どうやら戯言《ざれごと》ではないらしい。伊織の口元はいつものごとく笑っていたが、その目は蓋《けだ》し、真剣であった。

二

「いったい、何を考えているんですか？」

『きばや』の二階で、天は伊織を睨《にら》んだ。二人の間では鍋がくつくつと煮えて、部屋にうまそうな匂いを漂わせている。さすがにまだ暑いので窓は開け放してあり、川風が、滲《にじ》む汗を乾かしてくれ、ちりんちりんと風鈴が歌っていた。

「今日は熊《くま》のいいのが入ったんだよぅ」

と、血まみれの大きな包丁を手に嬉《うれ》しそうに出迎えてくれた、かやの勧めに従い、味噌《みそ》仕立ての鍋にして出してもらった熊は、猪《いのしし》より臭みは強いが肉は弾力があって噛《か》み応《ごた》えがあり、たっぷりの茸《きのこ》とよく合った。朝から掌《てのひら》も煮込んでいて、もうすぐできるというので、それも頼んだ。見た目は恐ろしいが、うまいらしい。

伊織は大きな口を開けてばくばくと肉を食べる。食べ盛りの高校生のようで、思わず笑いそうになってしまった。

『浅倉堂』については、伊織は本気で天に任せるつもりらしい。ここへくる道すがら、すでに決まったことのように話し、天が、あの、とか、でも、とか口を挟もうと、一切聞く耳を持たなかった。

「言ったろう？　句集が出したい」

ちびりと酒を嘗《な》めて、伊織は同じ話をした。

「数はさほど多くなくてもよい。そうしてくれれば、あとは口を出さない。天さんが好きに切り盛りすればいいよ。天狗の里でも読本《よみほん》を作っていたのだろう？」

それはまあ、と天は言葉を濁《にご》した。以前にこの座敷で、江戸に来る前には版元の真似事のようなことをしていたみたいだ、とこぼしてしまったことがあったのだが、どうやら聞き流してはくれなかったらしい。

「どこの地本問屋でも断られて、これはもう生涯出せぬかと思っていたのだが、諦めずにいるものだな」

ふふ、と伊織は含み笑いを洩らした。少し酔いが回ったのか、頬《ほお》が赤い。

「それさえ叶えば、あとはどうでもよい。店を畳んでもよいし、誰かに任せても構わない」

「だったら初めっから、その《誰か》に頼めばいいじゃないですか」

「天さんなら、俺の無茶も通るだろう？」

もう、と天は嘆息した。まったく痛いところをついてくる。この時代でなんとか生きてこられたのは、間違いなく遠野伊織のおかげだ。その恩を返せ、と言われたら逆らうことはできない。この男はそんなことは言わないが、そうとわからせておいて、こうした頼みごとをするのが、ずるい。

「まあ、どうしても嫌なら仕方がないが、どうせこの世はうたかたの夢。好きに生きるが面白いとは思わないかい？」

夢、か。伊織の言う通りかもしれない。これが明晰夢《めいせきむ》なのかどうか、もはや何の確信も持てなかったが、さりとてやはり、現《うつつ》とも言い切れぬ。目覚めるその日が来ることを信じ過ごす中で、日々のやりがいは大切かもしれなかった。

正直なところ、この話には魅力を感ずる。

本を作るのは好きだ。

『浅倉堂』で働いて、改めてそれを思った。

本を綴《と》じていると、かつて文学系の同人誌即売会でコピー誌を作ったのを思い出す。コンビニでプリントアウトしたものを一部々々、手作業で綴じた。そのときも、自分で何かを書いたわけではなく、友達の原稿を本にしたのだから、つくづく編集者なのだなあ、と思う。読むのは好きだが、書いてみたいとは思わない。おふゆのような情熱は、自分にはない。

（……あ）

不意に、閃《ひらめ》くものがあって、肉を摘《つま》む天の手が止まった。もし、もしこの話を引き受ければ、おふゆの戯作を世に出せるのではなかろうか。最後まで読ませてもらってからの話だが、あの出来なら、十分に見込みはあると思える。

「やる気になったかい？」

この男、顔色を見るのも長《た》けている。

実は、天が全て覚えていることをわかっているのでは、と思うことも一度や二度ではなかったが、確かめてはこなかった。それに、隠しごとは互いにだ。伊織とて、己のことを何も語ってはくれない。金には不自由しておらぬし、所に顔も利く。何くれと面白がる質《たち》で、すぐに首を突っ込みたがる。それでいて嫌われてはいない。面倒見のいい気の良い侍《さむらい》、と括《くく》ってしまえばそれまでだが、それだけであるはずがない。人間の底がそれほど浅くないことは、天もわきまえていた。

「わかりました。お引き受けいたします」

天は軽く頭を下げた。どうせ夢なら、どうとでもなれ、だ。何もかもこの男の掌の上というのは少々癪《しゃく》だが、ここでこの好機を逃せば、同じ機会は二度と訪れぬだろう。

「ですが、それに当たってひとつ、条件があります」

「ほう？　聞こうじゃないか」

「新しい戯作を出させてください」

やりたいことというのなら、それしかない。

「そりゃあ構わないが……あれは金がかかるぞ？　版木も多いし、売れっ子の戯作者なら筆料も安くはない。挿絵の画料もだ。もっとも一番は紙だが。数百枚の紙代は安くはない。出したはいいが、売れなかったら大赤字だ」

「駄目ですか？」

伊織は、ふ、と笑みをこぼした。

「いいや。一応、念を押しただけだ。思いつきでやろうというならしくじること間違いなし、と思ったのだが、すでに腹案を持っているようだね」

「はい」

「わかった。金は気にしなくてもよい。だが、俺の句集も忘れないでおくれよ」

もちろんです、と天は頷《うなず》いた。

「煮えたよぅ！」

弾むような声と共に、かやが足で器用に襖《ふすま》を開け、部屋に入ってきた。抱えた大皿には、とろりとした餡《あん》がかかって煮崩れかかった、綺麗《きれい》に毛を剃られた熊の掌が丸ごと載っていた。
皿の上の掌――天は思わずくすりとし、長い箸《はし》でその肉をつついた。熊の手はほろりとくずれて、甘く香った。

三

「ちょっと獣《けもの》臭い」

家に帰った天の着物の袖《そで》を嗅《か》いで、おふゆは眉を顰《ひそ》めた。その目は言外に、また『きばや』に行ったでしょう、と語っている。別に隠しているわけではなく、天と伊織が『きばや』に通っていることは、おふゆも先刻承知だった。誘ってもいるのだが、獣肉《じゅうにく》は苦手と断られていた。匂いもだが、気持ちの面でその気にならないらしい。

「今日は熊を食べました」

「熊!」

おふゆは目を剝いて、おおいやだ、と体を震わせた。そんなところも可愛らしく、天は笑いながら湯を沸かして茶を淹《い》れ、伊織が持たせてくれた団子を前に、『浅倉堂』についての顚末《てんまつ》を話した。おふゆは驚きつつも、あの旦那《だんな》ならありそうなこと、と笑った。

「だけど、旦那の句集ねえ……」

おふゆは何かを思い出して、必死に笑いを嚙み殺した顔になった。

「刷ったところで一部も売れないと思うけど」

「そんなにひどいんですか？」

「わたしも詠《よ》めるわけじゃないけれど、それでもうちの人の句と比べれば下手《へた》なのはわかる。何というか……読んだあとで、だからなに？　って首を傾げちゃう」

天は、ああ、と頷いた。

言いたいことはわかる。編集部に送られてくる小説にも、そういうものは数多《あまた》あった。だらだらと続くだけで緩急らしきものもなく唐突に終わってしまう話が。何故か大作にその傾向があり、何百枚も読まされたあとで徒労感だけが残った。俳句は五・七・五だからずっとましだろうが、伊織の句がどういうものかはわかった気がした。

「で？　天ちゃんはそれ、引き受けるの？」

「はい」

「けど、大丈夫なの？　版元の仕事だって、そう簡単じゃあないでしょう？」

「実は……里にいた頃、わたし、どうやら似たようなことを生業《なりわい》にしていたみたいで……だったら、やってみようかと」

「思い出したの⁉　良かったわねえ……」

しみじみと言われ、天は申し訳なさに胸が潰れそうになった。おふゆが善人なのは明らかであったが、であってもやはり未来人だとは言えなかった。いかな善人でもそのようなこと、得心できる話ではないだろう。

「じゃあ、地本問屋の主人かあ……寂しくなるわ」

「え、どうして？」

「だって、そうなったら向こうに住むんでしょう？」

天は、あ、となった。それは考えていなかった。確かにあの店は住居も兼ねているから、そうしたければできる。勤め人も通いばかりであったので、てっきり自分もこのままそうするものだと思い込んでいた。

伊織が住むことはないだろうから、信兵衛が湯治に出てしまえば、あの家は空っぽだ。屋移りすれば、いまよりもずっと気楽にスマホをいじることもできるだろう。充電ができるだけの日当たりもある。

だが、おふゆとの暮らしを捨てるのは惜しかった。いまの二人暮らしを、天は気に入っていた。物心ついた時から、心情としてはずっと一人であったので、わずらわしいこともあるが気心を許せる相手と住むのは初めてで、家族とはこういうものかも、と感じていた。

それに、花房町《はなぶさちょう》で一から人の繋《つな》がりを作っていくのは、正直、面倒だった。小梅町《こうめちょう》は金持ちの別宅がほとんどなこともあって、互いにあまり構わぬ気風がある。都会暮らしの天には、そこも良かった。

「あの、できたらこのまま通いで続けたいんですけど……駄目ですか？」

「本当⁉　ううん、駄目だなんて、とんでもない！」

おふゆの顔は、ぱあ、と明るくなった。

「天ちゃんがいてくれて、助かってるんだから。それに、やっぱりひとりは寂しいし、だからって、男と住む気にはならないし。本当、うれしい」

「そんな……」

こんなふうに真っ直ぐに言われると、さすがに照れてしまう。

とはいえ、本題はここからだ。

天は姿勢を正し、改まっておふゆに向き直った。なぁに、とおふゆは小首を傾げる。

「おふゆさん……戯作を出しませんか？」

天の言葉に、おふゆはぎょっとした顔になった。

「伊織様からは、句集さえ出せるなら、あとは好きにしていいと言われました。だったらわたしは、おふゆさんの本を世に出したい。以前、頭だけ読ませてもらったあれは、とても良かったです。ぜひ、最後まで読ませてください。お願いします」

天は、畳《たたみ》に指をついて深々と頭を下げた。現代であれば土下座とよばれる仕草だが、礼を尽くして頭を下げることに、いまはもう抵抗はなかった。

ううん、とおふゆは唸《うな》った。天の態度に、ひやかしでないことを感じたのであろう。

「大したことないわよ、きっと」

そう言いながら立ち上がり、簞笥から件《くだん》の原稿を取り出して、天の前に置いた。顔を上げると、おふゆは困ったような照れたような顔で、眉間《みけん》に皺《しわ》を刻みながら、

「だけど、本当によくある筋よ？」

前と同じことを言った。

問題なかった。それは、未来ではジャンルというのだ。今の自分のように異世界に転生して人生をやり直す話が、令和に幾つあることか。探偵が事件を解決する。石油王と恋に落ちる。ざっくりと括ってしまえば同じに見えても、全て違う物語だ。

「では、読ませていただきます」

天は原稿を膝《ひざ》の上に置いた。

「ここで読むの⁉　いま⁉」

「はい」

きっぱりと言うと、おふゆは、ひゃあ、と悲鳴を上げて袖で顔を覆《おお》いつつ、

「済んだら言って！」

と言いながら、ばたばたと階段を上がって行ってしまった。

本当に、人に読ませるのは初めてなのだろう。そんなに恥ずかしがることはないのに、と思いながら、天はおふゆの原稿に目を落とした。

四

一刻（約二時間）後、おふゆの戯作を読み終えた天は、深く息をついた。

面白かった。

筋そのものは他の戯作でも題材にされる、裕福な商家の若旦那を巡る恋の鞘当《さやあて》なのだが、

これまでに読んだどれよりも、胸に迫るものがあった。

情念がリアルというか、他の戯作の女は、正直、紋切り型の心情というか、こういう言い方は嫌いなのだが、作者が男ゆえのこうあってほしいという女がほとんどであったが、おふゆの書く女は、作者が同性ゆえの《真《まこと》》があった。

わかる、と膝を打つ場面がいくつもあって、その共感性はとても大事だった。

ただし、男が読んでどう思うかはわからない。

江戸は男の町だ。男女の割合は、六対四ともいわれている。戯作の読者は女が多いが、男女共に読まれなければ、大入りにはならぬ。だが、この共感性は大きな強みだ。四割の女、全てに届けば、江戸中の人間が読んでいると言っても過言ではない。口コミにおいて、男は女の足元にも及ばないから、話題になればきっと勝てる。

「おふゆさん、済みましたよ」

すっかり慣れた正座のまま、天は二階に声をかけた。防音とは無縁の作りだから、薄い天井はよく声を通す。立ち上がる音がして、まるでこれから怒られる小僧のように、おっかなびっくり階段を下りてきたおふゆは、ばつの悪そうな笑みを浮かべながら、天の前に座った。

持込の作家志望者を、天はうっすらと思い出した。彼らもこんな顔をしていた気がする。

近頃はますます記憶がぼんやりとしてきていて、そのうちに令和のことは何もかも忘れてしまうのでは、と思うことがあったが、それをあまり恐ろしいと思わなくなっているのが、いっとう、恐ろしかった。

「ど、どうだった……?」

おふゆは、怖いけれど聞かずにはいられぬ、といった心情が手に取るようにわかる硬い笑みを、その綺麗《きれい》な顔に浮かべた。

「面白かったです」

おべっかではなく、天は言った。ぱあ、とおふゆの顔が輝く。

「本当?」

「正直、このまま出してもよいのではと思います」

「はい。ここへ置いてもらってからいろいろな本を読ませてもらいましたけれど、それらと比べて少しも引けを取らないです」

「ああ、良かったぁ」

おふゆは、ほう、と息をついた。よほど気が張っていたのだろう。大きく肩が下がって、着物がはだけそうになる。その様に、天も思わず微笑《ほほえ》んでしまったが、いけないいけない、と慌《あわ》てて頬の緩みを引き締めた。これからおふゆを説かねばならぬのだ。

「……おふゆさん。これを世に出しましょう」

途端、おふゆの顔から笑みが消えて、険しい面持《おもも》ちになった。

「このままで十分、評判になると思います。あとは挿絵を――」

「待って待って」

天は口を閉じた。この態度は、思っていたことだ。

「天ちゃんが面白いと言ってくれたことは、正直、うれしい。だけどこれは、本当にどこにでもある筋よ？」

「この世の本という本は、繰り返し語り尽くされてきた筋です。けれど、登場する人物が違えばそれは別の物語。ざっくりと言えば同じと括られる筋の本、いくつもあるじゃないですか」

「それはそうだけれども……」

ううん、とおふゆは唸った。

「だからこそ、わたしの書いたものでなくてもいいんじゃない？　世にはもっと、面白い本がたくさんあるでしょう？」

「これだって面白いです。それに、これに出てくる女は、紋切り型ではない真がある。これはおふゆさんの強みです」

ここぞ、と天は膝を進めた。

「出しましょう」

「そう言ってくれるのは嬉しいけれど……天ちゃんは、これ、語草《かたりぐさ》になると思う？　皆が、あれ読んだ？　って言ってくれるような話だと、本当に思う？」

ぐ、と天は言葉に詰まった。そう言われてしまうと、はい、とは言えなかった。もちろん、これまでに出ている本と比べて、引けを取るものではない。だが、おふゆの言うように、人々の口の端に上るかと言われたら、わからない、としか言えない。当たるか当たらぬかはどうしたって運が絡む。

「ほら」

おふゆは少し寂しそうに笑んだ。

「天ちゃんの所で出す最初の本なんだから、こんな手慰《てなぐさ》みに書いたものじゃなくて、もっと目新しい筋の、ちゃんとした作者の本がいいって」

はいおしまい、というように、おふゆは天の膝の原稿に手を伸ばした。

「……目新しければいいですか？」

ぴた、とおふゆの手が止まる。

「だったら、それを書いてください」

「ええ？」

「おふゆさんは、おふゆさんの言うところのよくある筋の話を、これだけ読ませることができるんです。じゃあ、誰も読んだことのない筋の話を書きましょうよ」

「無理よ。本職の戯作者が思いつかないような筋を、わたしが出せるわけないじゃない」

「わたしが出します」

天は、どんと胸を叩いた。こちらには、この先二百年の間に生み出される万《よろず》の話の筋の蓄積がある。無論、全てを知っているわけではないが、それでもこの江戸の人間の誰よりも多いと自負できる。

「あらましを出しますから、いっしょに考えませんか？」

おふゆは困ったように笑んだ。

「どうしてそこまで、わたしに拘《こだわ》るの？　戯作者なら他に――」

「おふゆさんの書く物が好きだからです」

天は膝の上の原稿を撫でた。嘘《うそ》ではない。おふゆの戯作は、粗《あら》い所はあるが、天の琴線《きんせん》に触れた。この感覚は大事だ。ありきたりだが、光るものがある。こちらであらましを示せば、きっと書ける。それは、編集者としての勘だ。

「おべっかはいいって」

おふゆはくすくすと笑った。

「そう言ってくれるのはありがたいけれど――」

「出したくないですか？」

す、とおふゆの顔から誤魔化し笑いが消えた。

「わたしは出したいです。おふゆさんには迷惑かもしれないけれど、才を見つけたら、わたしはそれを世に知らしめたい。自分では書けないわたしの、どうしようもない業です」

おふゆの喉が、ごくりと動いた。

「……ちなみに……あくまでも、あくまでも念のために聞くのだけれど……天ちゃんは、わたしにどんな話を書かせたいの？」

ここだ！　天は膝をさらに、ぐい、と進めた。

「悪女転生はどうでしょう！」

「あ、悪――？」

「わたしの里で流行《はや》っていた話なんですが、ざっくり言うと、主役の女が死んで生まれ変った先が物語や過去の史実の悪女で、待ち受ける死の定めを逃れるべく奮闘するという筋です！」

「へ、へえ……そんな話が流行ってたんだ……」

戸惑いながらも、おふゆの瞳が興味に揺れたのを、天は見逃さなかった。

「おふゆさん、江戸中の人が知っている、そんな悪女はいますか？　わたしの里で三大悪女といえば、北条政子《ほうじょうまさこ》、日野富子《ひのとみこ》、淀殿《よどどの》なんですが」

「え、誰？」

「北条政子は源頼朝《みなもとのよりとも》の、日野富子は足利義政《あしかがよしまさ》の御台所《みだいどころ》で、淀殿は豊臣秀吉《とよとみひでよし》の側室です」

「ごめん、知らない……ああでも、そういえば、淀殿は覚えがあるかも。なにかで読んだような……だけど、皆が知っているかと言われるとどうかしら」

そうか、と天は唸った。現代では日本史の授業で習う女たちだが、江戸の人々が知っている歴史上の有名人は、読本や歌舞伎で取り上げられる人物だ。曲亭馬琴《きょくていばきん》の『椿説弓張月《ちんせつゆみはりづき》』で源為朝《ためとも》は知っていても、その甥《おい》で後に幕府を立ち上げる頼朝のことを知らぬのなら、御台所の北条政子はいわんや。淀殿とて、よくよく思えば聞いたことがある、という程度なのだろう。

「じゃあ、皆が知っている非業の死を遂げる悪女といえば、誰かいますか？」

「悪女とは違うけれど、そりゃあ、八百屋お七《しち》じゃない？」

八百屋お七！

天は、はたと膝を打つ思いだった。そこに思い至らぬとは、なんたる不覚。

お七は、歴史上の人物とはいえぬが、江戸時代の有名人の一人ではある。火事が起きて避難した先の寺の若い僧と恋仲になるも、相手が僧ゆえに簡単には逢うことができず、身を焦《こ》がした挙句、もう一度火事になれば逢えるのではと思いつめて家に火をつけてしまう。すぐに気づいた近所の者が小火《ぼや》で消し止めてお七を取り押さえ、吟味《ぎんみ》の末、火炙《ひあぶ》りによって処刑された、実在の娘だ。愚《おろ》かではあるが、一途な思いと、十六という年齢ゆえに悲劇として文芸や歌舞伎に多く取り上げられている。

「それですよ、おふゆさん」

天は大きく頷いた。

「お七に転生してしまった娘が、待ち受ける死を回避するために奮闘する——いけます」

「けど、そんなの簡単じゃない？　何が起きるかわかっているなら、それを避ければいいだけでしょう？」

「そこが肝《きも》で、定めからは簡単には逃げられないんです。お七の場合なら、どうしたって火事は起きるし、吉三郎《きちさぶろう》とも出遭《であ》ってしまって、惚《ほ》れるか、惚れられるかしてしまう。他に恋敵がいてもいいかもしれません。そうした中で、運命を変えるべく奮闘するんです」

ううん、とおふゆは唸った。

「わたしに書けるかしら……」

「あまり気負わずに、気軽に書いてみてください。できなくても、誰かが損をするわけではありませんから」

「そ、そうね……書く前からあれこれ案じてもしようがないわよね」

「そうですよ。いざとなれば、これがありますから」

　天は、膝の上の戯作の束を、ぽん、と叩いた。それは勘弁してえ、と奪おうとするおふゆの手をひょいひょいと避けて、二人は姉妹のようにじゃれあった。

第伍話
女北斎

一

「遠野伊織《とおのいおり》が地本問屋《じほんどいや》の仲間になった?」

手下の一人である下谷《したや》の権太《ごんた》から話を聞いた山上弥一郎《やまがみやいちろう》は、蟷螂《かまきり》がよくやるように、取れてしまうのを思わず案じてしまうほど大仰に首を捻《ひね》った。

へい、と頷《うなず》いた権太の古い袷《あわせ》からは、染み込んだ醤油《しょうゆ》の臭いがした。御上の手下として働く他に、煮しめの棒手振《ぼてふ》りの稼業を持っているのだ。手下は奉行所から給金が出るわけではないので、こうした者が多い。

「花房《はなぶさ》の『浅倉堂《あさくらどう》』はご存じで?」

存ずるも何も、戯作《げさく》を手酷《てひど》く評された苦い思いを忘れてはいない。いつか何ぞしくじりの尾をつかんで取り潰してくれる、と暗い願いを抱いている山上であった。

「ああ、知っている」

「そこの主《あるじ》が持病の湯治に出るってんで、株を遠野様に売ったんだそうで」

「地本問屋なんぞになって、どうするんだ」

それは独り言だったのだが、

「なんでも己の句集を出すんだとか。どうやら、そのために株を買ったらしいんで」

埒外《らちがい》の答えに、山上はぎょろりとした目を剝《む》いた。

己の句集のために地本問屋になっただと？　なんという道楽か。そのようなこと、山上は考えもしなかった。確かに刷る側になってしまえば好きなように出せるだろうが、そんな阿呆《あほう》な真似、思いつく方がどうかしている。

「遠野が店を回すのか？」

「それが、店は別の者に任せているようで」

「誰だ」

「天《そら》とかいう、妙な髪をした女です」

ぎらりと山上の目が光った。おふゆの従姉妹《いとこ》という触れ込みで雇われたというあの女か。気づかれぬよう、遠目から幾度か確かめてはあったが、風采の上がらぬ田舎女という感じしかなかった。その女を主に据《す》えて、己の句集を出そうというのか。師匠に扱《こ》き下ろされる程度の句を、金の力で。

めらり、と暗い火が山上の胸に点《とも》った。なんとしてもその話、潰してくれる――そうせねばならぬ、と決めた。俺が本を出せぬのにあの男の句集が世に出るのは誤りだ。

「おい。あそこには確か貝助《かいすけ》とかいう通いの彫り師がいたな。そいつのことを調べろ。何でもいいが、後ろ暗いところがあればよく掘れ」

「わかりやした」

頭を下げる権太に、銀の小粒を放ってやった。こりゃあどうも、と言って拾う様は、まるで野良犬だ。さして変わりはせぬが。

(見ておれよ、遠野伊織)

山上はくつくつと笑って、まずい安酒を呑《の》み干して、唇をべろりと嘗《な》めた。

二

埃《ほこり》を巻き上げる風が肌を刺すようになり、一日《ついたち》に替えたばかりの袷に綿を入れて、来たるべく冬に備えるのが、長月《ながつき》の最初の仕事だった。針仕事もずいぶんと慣れたが、それでもおふゆに比べると手際は悪く、何度も指を突いてしまった。

棒手振りが売りに来る野菜もとうに秋の顔ぶれで、朝夕の味噌汁《みそしる》の具には芋《いも》が多くなった。ねっとりとした里芋も良いが、おふゆが好きなのは甘藷《かんしょ》（さつまいも）で、汁が甘くなるのが嬉《うれ》しいのだという。

甘露煮に鯊《はぜ》が出るようになったが、秋の魚といえば秋刀魚《さんま》だと思い棒手振りに訊《き》くと、持ってきていない、と言われた。なんでも秋刀魚は猫も跨《また》ぐ下魚で、ここいらでは売れないのだという。『目黒《めぐろ》の秋刀魚』を聞いたら食べたくならないの？　と訊いたら、そんな噺《はなし》は聞いたことがないと言われてしまい、もっとあとの作であったか、と慌《あわ》てて誤魔化した。とにかくうちで買うから、と頼み、翌日には新鮮な秋刀魚を五匹、捨てるような値で売ってもらった。

庭で七輪に並べて秋刀魚を焼くと脂《あぶら》がおちてじゅうじゅうと炭が歌い、おかしな臭いがする、と顔を顰《しか》めたおふゆが部屋から出てきて天が焼いている魚を見、おおいやだ、と獣《じゅう》肉《にく》を食べてきたときと同じ顔になった。それを、まあまあ、と宥《なだ》めて焼きたての秋刀魚に醤油をかけ、一緒に食べた。炭で焼いた秋刀魚は、ガスコンロと違って、皮はパリっとして身はふっくら。腸《はらわた》の苦味もたまらぬ美味《うま》さで、おふゆも目を丸くしていた。聞けばこれまで一度も食べたことがなかったのだとか。大根をおろしてのせるともっと美味い、と言うと、今度やろう、とはしゃいだ。

炭焼きだけでは勿体《もったい》無いので、煮売り屋に、ぶつ切りにして生姜《しょうが》と一緒に煮付けて持ってきてほしい、と頼んだら、日保ちもして飯がすすむ一品となった。閉口したのは、秋刀魚の噂《うわさ》がすぐに近所に広まって困窮《こんきゅう》を疑われたことだったが、おふゆは笑って流した。

庭に植えられている木にも実が生った。夏の間は気にしたこともなかったが、その木は柿で、たくさんのつやつやした実をつけた。残念ながらいずれも渋く、紐《ひも》で縛って吊るして干して甘くなるのを待った。

そうした日々の間にも、おふゆは原稿を書いた。かかりきりたいから、と三味線《しゃみせん》の手習いをしばらく休むほど気が入っていて、遅くまで行灯《あんどん》の火が消えなかった。

家のことの他は、天に手伝えることはなかったが、暇というわけではなかった。『浅倉堂』では毎月、新しい錦絵を出していたし、売り切れた本を刷ることもした。何を、どのくらい刷るか、過去の売れ行きから決めねばならず、その合間に、おふゆの本をどういう形で出すかも、考えねばならなかった。

天は改めて、江戸の小説の形を調べた。

この時代の小説は、大まかに分けて二種類しかない。《読本《よみほん》》と《草双紙《くさぞうし》》だ。《読本》は挿絵と本文が分かれていて、現代の小説はこちらに近い。一冊は大体五十頁《ページ》ほどだが、続刊ありきの長編物が多い。一方、庶民《しょみん》により読まれている《草双紙》は、絵本のように挿絵と文が一体になっていて、一冊が十数頁と短く、短編が主となる。

いまおふゆが書いている『転生八百屋お七《しち》』は、さすがに短編一冊には纏《まと》まるまい。となると必然、《読本》となるのだが、多くの人に読んでもらいたい欲もある。

どうにかならないものか、と思い悩む内、

（いっそ、中を取ってみたらどうだろう）

そんな天啓を得た。

形は《読本》だが、一冊は薄くする。三、四十頁くらいがいいだろう。内、本文は二十五頁ほどにして、挿絵は多めにする。

さらにもう一押し何かないか、と思いあぐねていたとき、買い求めた錦絵を折り畳んで懐《ふところ》に入れた娘を見て、これだ、と思いついた。巻頭に折り畳んだ錦絵をつけよう。折り込みポスターは一昔（実際には未来だが）前にライトノベルで流行《はや》った形だ。本が気に入れば主役の錦絵が欲しくなるのが必定。きっと喜ばれる。借りて読むより、買い求めてくれる読者が増えるはずだ。

挿絵を挿入する形も変えよう。この時代の挿絵は迫力のある見開きだが、現代の小説のように右に本文、左に挿絵の形の方が、より臨場感が湧くと思えた。天は、見開きの挿絵はどうにも唐突感があって本文と乖離《かいり》がある、と感じていたのだ。

他に必須なのは、巻頭の挿絵付き人物紹介だが、現代のライトノベルではあたりまえのそれが、寛政《かんせい》十一年（一七九九）に山東京伝《さんとうきょうでん》が書いた『忠臣水滸伝《ちゅうしんすいこでん》』で確立されたものだと知ったときは、本当に驚いた。

それにしても、小説から挿絵がなくなったのは、いつの頃なのだろう。天が本を読むようになった頃にはすでに一般小説に挿絵はなかった。新聞小説の連載時には在《あ》るのに、それが纏まって一冊になるときには収録されることはない。児童書やライトノベルに挿絵の慣習は残っているが、文学の主流はいつの間にか本文だけになっていた。

おふゆの本もそうすることはできたが、挿絵入りに慣れた読者は物足りなく感じるに違いなかった。あとで合本《がっぽん》にするときに外すこともできるから、最初はそこまでの冒険はせずに、本文に添う挿絵をむしろふんだんに挿れるが大吉。

ならば、ぴたりと合った絵師を探さねばならぬ。合うだけでなく、ある程度名が知れていれば、なお吉だ。

いまなら、葛飾北斎《かつしかほくさい》一門か。『北斎』の名があれば、それだけで耳目《じもく》を集められる。

幸いにして『浅倉堂』とは付き合いもある。

店に最初に来たときに見せてもらった絵の中に、一枚だけ特に惹《ひ》かれる絵があったことを思い出した。店に『北斎』の錦絵は幾枚もあるが、実はどれも微妙に筆が違う。版木に

速報！ 2023年ノベル大賞

受賞作 4月18日発売！

輝ける才能が今年もデビュー！　選考委員も絶賛の個性派3作品!!

※表示価格は消費税10%を含んだ定価です。

［準大賞］

狐少女×料理男子の
くすっと美味しい物語

天狐のテンコと葵くん
たぬきケーキを探しておるのじゃ

西 東子　装画／サコ　定価704円

ある日、葵は怪我をした狐を拾う。翌朝、その狐は少女の姿をしていて!?　ワケあって「たぬきケーキ」を探しているという彼女を手伝うはめになるのだが——。

［準大賞］

霊の見える伯爵令嬢、
警察に捜査協力!?

レディ・ファントムと灰色の夢

栢《か》山《やま》シキ　装画／SNC　定価792円

伯爵令嬢クレアの友人アネットが亡くなった。大階段からの転落だという。自殺か事故か殺人か。霊が見えるというクレアの力を知った若い刑事２人が押しかけてきて…？

して刷ってしまうとわからなくなる程度の差だけれども、肉筆を視《み》ればわかる。あれを書いた『北斎』に頼めれば、思い描く本に近づける——そんな予感がした。

三

「貝助さん、ちょっといいですか？」

いま店にある『北斎』の版下絵を見せてもらおうと、彫り師の貝助の部屋を訪れた天であったが、男はじろりと嫌な目つきで主を見ると、

「よかねえよ。見てわかんねえのか」

吐き捨てるように、そう言った。

信兵衛《しんべえ》に対してはそんな態度をとっているところを見たことがなかったので、新しい主が気に入らないのは明らかだった。ひょっとしたら、自分が『浅倉堂』の主人になりたかったのかしらん、とも思ったが、そういう風でもなかった。

まあ、いきなりやってきた素性もよくわからぬ者に、あれこれ指図されたくはない、と

いう気持ちはわからないではない。何しろ、数月前まで、ろくに本の作り方も知らなかったのだから。とはいえ、遠慮してはいられない。その内にちゃんと話し合うとして、いまは絵だ。

天は貝助の言葉は無視して、

「この間、検《あらた》めから戻ってきた『北斎』の絵を見してください」

と言った。

絵も文も、版木にする前に御上の検めを受けなければならない。過剰に風俗を乱すものであったり、幕府への批判や、徳川家への中傷めいたものは禁じられている。草稿を検め役に提出し、問題がなければ、書籍には『添章《そえしょう》』という許可状が与えられ、浮世絵には改印が押される。それらがなければ、発行することはできない。

「これから彫るんだ。あとにしてくんな」

「その前に見たいんです。版木にしてしまったら、こまかな違いが消えてみんな『北斎』の絵になってしまうので」

「なにが悪《わり》ぃんだ」

「悪くはないですよ。むしろそうでなくては困ります。みなさんが欲しいのは『北斎』の絵なんですから。とにかく確かめたいことがあるので、版木にする前の絵を出してください」

有無を言わせぬ口調で言うと、貝助は明らかに聞こえるように舌打ちをして、面倒そうに立ち上がり、床に積んであった絵の中から数枚をつかんで、

「ほらよ」

と放ってよこした。

『北斎』の絵は、ばさりばさりと舞って床に落ちた。職人が丹精込めて書いた絵を、大事な商売の大元を粗雑に扱った貝助に、天は噴き上がるような怒りを覚えたが、ぐうと堪《こら》えた。主としては、ぴしゃりと叱りつけるのが道かもしれないが、相手は彫刻刀を持っている。逆上して襲い掛かられたら敵《かな》いっこない。叱るなら折りを見て冷静にやらなくては。

いまは絵だ、と落ちた版下絵を拾って、じっくりと見た。

いずれも人気の役者絵だが、中の一枚に、微妙に他の物と違う絵を見つけた。画風はどれも『北斎』なのだが、その絵だけは、役者の手に色気を感じる。これだ、と確信した。以前に気になった絵と同じ作者に違いない。『北斎』としてこの人に頼めれば一番だが、雅号が使えなくとも、この職人に挿絵を頼みたい、と天は思った。おふゆの戯作に、きっと合う。

「ありがとうございました。どうぞ、仕事を続けてください」

「てめえが邪魔をしなけりゃあ、そうしてたんだよ」

唾《つば》を吐くような言葉にぐっと耐えて、天は部屋を出た。怒りに胃の腑《ふ》が捻《ねじ》れたが、あの絵がおふゆの本に付くことを考えたら、それも紛れた。

検めの終わった版下絵は、ひっくり返して板に貼ってもろとも彫ってしまうので、肉筆画は残らない。ゆえに彫る前に見る必要があった。錦絵の場合、使う色の分だけの版木——色版が必要となるので、主版で版下絵の複製——校合摺《きょうごうず》りを作り、絵師に色を乗せる箇所を指定してもらわねばならない。その際に、この絵師に会えるはずだった。

貝助は、口も態度も悪いが腕は確かであったので、五日後には主版が完成し、その日の内に摺り師が校合摺りを上げてくれたので、天はようやく『北斎』の処へ向かう口実を得た。

このところ新作の依頼がなかったので、挨拶《あいさつ》もまだだった。不義理を詫《わ》び、新しい読本の説明をしようと考え、いつも校合摺りを届けている女に『北斎』の家の場所を聞き、天は店を出た。途中で饅頭《まんじゆう》を買い、挨拶が遅れた詫びの品とした。

この頃はようやく、一人でも江戸の町を出歩けるようになった。髪はまだ結えるほど長くはないが、奇妙に思われぬぐらいには伸びた。とはいえ、今日は訪問に良い日ではなかった。近頃の長雨で通りはひどくぬかるんでいて、足が汚れるのには閉口した。江戸の道は、あたりまえだが舗装などされておらず土がむき出しであったので、晴れていれば埃が舞い、雨が降れば泥道になる。そのせいであちこちで荷車が往生《おうじょう》しているのに行き当たった。

『北斎』の工房は、隅田川《すみだがわ》を渡った本所《ほんじょ》にあった。一箇所ではなく、あちこちに点在しているのは、生涯において九十回以上も屋移りをしたからだといわれている。それだけ引越しをしながら、生まれの本所から離れることはなかったようだ。

本所は、天たちが住まう小梅町《こうめちょう》の南で、店からよりも近かった。両国橋《りょうごくばし》を渡ったところに建つ回向院《えこういん》では、春と秋に勧進相撲《ずもう》が行われる。回向院は一六五七年に起きた明暦《めいれき》の大火で亡くなった無縁仏を供養するために建てられた寺だ。十万人が命を落としたともいわれていて、勧進相撲はその供養の費用を集めるために開かれる。相撲は、江戸っ子の暮らしには欠かせぬ娯楽だが、女は見ることができなかった。理不尽極まりないが、それが江戸という時代なのだ。刑の執行で人が殺されるところを見物することができ、斬《き》り落とされて台の上に置かれた人間の生首を誰でも見られる。人々の心のありようを未来の物差しで測れはしないことを、さすがに天も理解していた――納得とは別の問題だが。

隅田川の支流の竪川《たてかわ》に面した相生町《あいおいちょう》にいくつかある工房のひとつを訪ねると、

「先生なら、ここにゃあいねえよ」

と上半身をはだけた男に言われた。何日も寝ていない顔をしていた。

「今日は、御竹蔵《おたけぐら》じゃねえかなあ」

御竹蔵は、火事に備えて幕府が木材を備蓄している場所のことだ。その近くにも『北斎』の工房があるようだ。詳しい場所を教えてもらい、天はそちらを訪ねることにした。

工房といってもいずれも普通の家で、屋移りをするたびにそこが新しい工房になるらしい。片付けるのが面倒なのでそのままにしているだけという話もある。

御竹蔵の回りには掘りがあり、そこで何人かが呑気《のんき》に釣りをしていたが、御蔵のむこうの大川《おおかわ》は長雨のせいで今日はどうどうと流れが速く、どこか空恐ろしかった。蔵を過ぎ、表店の間から裏長屋へと入ると、ぷん、と濃密な墨《すみ》の匂いがした。どの家かは、すぐにわかった。開け放たれた戸に派手な墨絵が描かれていたからだ。歌舞伎《かぶき》役者のようだが、誰かはわからない。

「ごめんくださいい」

声をかけたが、誰も出てこなかった。仕方なく、

「ごめんくださいな！」

少し声を張ると、

「うるせえなあ！」

薄暗い家の奥から不機嫌な女の声が轟《とどろ》いた。

「誰かいねえのかよ！……ったく！」

板間の床を踏み抜かんばかりの音を立てて現れた女は、まだ綿の入っていない袷の胸元が大きくはだけ、たくしあげた裾《すそ》を細い帯にねじ込んでいた。腰巻ではなく男のように褌《ふんどし》をしめ、墨で汚れた手には筆を持っている。歩いた傍《そば》から床に黒く足跡を描き、髪もひっつめただけで結ってはいない。齢《とし》は、天と同じくらいだろうか。黒々とした大きな目でじろじろと、値踏みをするように見られた。

「誰だ、あんた？」

眉間《みけん》に深い皺《しわ》を刻んで、女は手にした筆の柄でこめかみを掻《か》いた。

天は慌てて頭を下げた。

「大変ご挨拶が遅れました。わたくしこの度『浅倉堂』を任されました、天と申します。今後とも変わらぬお付き合いの程、よろしくお願いいたします」

饅頭の包みを差し出したが、女は受けとらずに鼻を鳴らした。

「そういやあ、そんなこと言ってたな……こりゃ、ご丁寧にどうも。これからも、どうぞよしなに。土産《みやげ》はそのへんに置いといてくんな。誰か食うだろ」

ぶっきらぼうに言って踵《きびす》を返しかける。

「あ、あの！」

慌てて呼び止めると、女は首だけで振り返って、

「なんでい。まだなんかあんのかよ」

苛々《いらいら》を隠そうともしない。

「校合摺りを持参しました。色さしをお願いいたします」

「ああ、そういうことかい。だったらさっさとそう言いやがれ。どれ、貸しな」

墨で汚れた手を、ぐい、と突き出す。

天が急いで校合摺りを風呂敷から出すと、女はひったくるようにして、その場にどっかりと胡坐《あぐら》をかき、床に散乱した器物を払ってそこに校合摺りを広げ、筆をとって朱を入れ始めた。

あっという間に終わってしまいそうな雰囲気を感じ取って、天は慌てて口を開いた。

「それと、あ、新しい絵をお頼みしたいのですが！」

「そりゃあ無理だな」

絵から顔を上げず、女は無下に言った。

「親父は、また旅に出ちまった。帰ってくるまで『北斎』の新作は受けらんねえよ」

「親父様というのは、北斎先生のことですか？」

「他に誰がいんだよ。おかしなことを言う女だな、あんた」

ここでは、師匠のことを親父と呼ぶのだろうか。現代でも、職人や家族包《ぐる》みの小さな会社などでは、社長のことをそう呼ぶこともあるが。

「いつ戻られますか？」

「さあな。明日帰ってくるか。二年後か。わかるもんかい」

それは困る。とても困る。

「あ、あのっ、その絵を描いたのは、どなたですかっ」

天は、手の表現に色気を感じた絵を指した。北斎本人に頼めると思っていたわけではない。名前を使えれば御の字とは考えたが、頼みたいのはその絵を描いた弟子だ。

はた、と女のめくる手が止まった。

「……誰って、『北斎』だろうよ」

「お弟子さんが『北斎』先生の名で描いていることは知っています。実は今度、新しい読本を出そうと考えておりまして、その挿絵を、その絵を描いた方にお願いできないかと」

「ああ？　『北斎』なら誰だって一緒だろう？」

「いえ、その人の絵が欲しいんです」

「ふうん……」

女は、天が誉めた校合摺りをまじまじと見た。

「この絵の何がいいんだ？」

「手です。その手には、他の『北斎』が描いた絵とは違う、艶《つや》を感じました」

「艶ねえ」

女は、にやりとした。

「その両の目は節穴ってわけじゃなさそうだ。女の身で伊達《だて》に地本問屋の主になったわけじゃねえってことか」

「いえ、それは……」

伊織に担《かつ》ぎ上げられただけで、勝ち取ったわけではない。だが、天が言いよどんだのを謙遜《けんそん》と取ったのか、

「これを描いたのは、わたしさ」

女は、校合摺りをひらひらと振ってみせた。

この人が、と驚いたが、それはいきなり当たりを引いたからで、意外ではなかった。おそらく心のどこかで、作者は女かもしれない、と思っていたのだろう。男と女では、見る所、感じる所が違う。

「わたしが手に籠《こ》めたもんをわかってもらえたのは初めてだ。野郎はちいとも気づかねえ

んだから、まったく見る目がねえ。何でわたしの絵が一番売れんのか、首を捻るばっかりさ」

　歌舞伎役者の絵を買うのはほとんどが女だ。肉筆の版下絵に比べて、刷ったものは他とほとんど区別のつかない『北斎』の絵だが、それでも女たちは何かを感じ取るのだろう。ちゃんと買う目で見たことがなかったと天は自戒《じかい》し、店に戻ったら確かめようと思った。

「だがまあ、さっきも言ったが、いま新しい仕事は受けらんねえ。親父に伝えがつかねえからな。『北斎』の許しがなけりゃあ、名を使うことはできねえよ」

「では、あなたの私事で挿絵を受けてもらえませんでしょうか」

「……『北斎』じゃなく、わたしの名でかい？」

「はい」

　天の言葉に女はふとく息を吐いて、ううむ、と唸《うな》った。

「親父の名前はいらねえって言ってくれんのは嬉しいが、やっぱ、ちょっと無理だな」

「やはり、『北斎』先生が許してくれそうもないのでしょうか？」

「んなこと、親父は気にしねえよ。あいつの頭の中にゃあ、絵しかねえんだから。そうじゃなくて、ちょいといま、わたしが面倒を抱えてんだ。どうにもならねえって言ってんのに、どうにかなるはずだって聞きゃあしねえ。できることなら何とかしてやりてえが

「——」

「では、それが落着すれば、受けてもらえますか？　何かわたしにお手伝いできることがあるなら、いたします」

「あんたが？　いやいや、こいつは地本問屋にどうこうできる話じゃねえ。いくら美人画を山と見てきたって、描ける道理じゃねえんだから」

「誰かの絵を描くということですか」

「それなら何の造作もねえよ。そいつはわたしの得手物だ——紙の上に描くんならな」

天は首を捻った。どうにも話が見えぬ。女は思案顔になってそれから、まあいいか、とこめかみを掻いた。

「……今度、昔馴《な》染《じ》みが嫁ぐことになってよ。そいつはまったく目出度《めで》えんだが、そろそろ大年増だってんで、祝言のときに笑われるんじゃねえかと気にしてんのさ」

大年増ということは、じきに三十ということか。その年齢で結婚することは、現代では普通だが、江戸では十代で嫁ぐのが一般的だった。

「いくら、んなこたあねえ、と言っても聞かねえ。あげくにゃ、あんたはあれだけ美人画を描いてるんだからわたしも美人にできるでしょう、とかぬかしやがって往生してんだ」

つまり——化粧か。

江戸時代の女も化粧はする。美しくなりたいと思う心に今昔はない。この時代にも、十五年前の文化《ぶんか》十年（一八一三）に発行された『都風俗化粧伝《みやこふうぞくけわいでん》』という本がある。化粧の方法に留まらず、肌の手入れ、にきびの治し方、美しい姿勢や歩き方の指南なども載っていて、この後、百年にも渡りベストセラーであり続ける本だ。当然、おふゆも持っていて、天もときおり世話になっていた。

だが、未来の化粧術は江戸とはまったくの別物だ。ＳＮＳの普及と共に加速度的に進化を遂げ、まさしく『化ける』ことができる。

「その人は、具体的にはどうなりたいんですか？」

美の基準は時代によって大きく変わる。現代的なメイクを施《ほどこ》しても、美しいと思ってもらえるとは限らない。

女は深く嘆息した。

「目を大きくしろと言いやがる。糸目で、昔、狐が寝てるみてえだ、と笑われたのを気にしてんだが、とっくに互いの顔は見てんだから何をいまさら、と言っても聞くもんじゃねえ。この目が大きくならなけりゃあ嫁に行かねえとまで言い出して、ほとほと困ってんだ」

（目か……）

天は、ふうむ、と胸の内で唸った。江戸のアイメイクは目尻に淡い紅《べに》を塗る程度で、あまり弄《いじ》ることをしない。やりすぎると歌舞伎の隈取《くまどり》のようになってしまうからだ。だが、現代のメイク術なら、別だ。

「……何とか、できるかもしれません」

天の言葉に、女は眉を寄せた。適当なことを、と刻まれた皺が言っている。

「空言じゃありません。うまくいくかどうかは、やってみなければわかりませんが、わたしの里には、ちょっと変わった化粧術があるんです」

「里？」

「はい。つまびらかにはできませんが、試させてくれませんか？」

「よくわからねえが……わかった。おゑんにはわたしが話しておく。うまくいったら、あんたの頼み、聞こうじゃねえか。『北斎』の名は使えねえが、それでよけりゃあ、いくらでも描いてやるよ」

「本当ですか⁉　ありがとうございます！」

「おっと。喜ぶのは早《はえ》え。あくまで、こっちがうまくいったらの話だかんな」

天は大きく頷いた。

胸の靄《もや》が晴れたかのように、女の眉間から皺が消えていた。やれやれと、鉄漿《かね》をしていない歯を見せて笑うと、

「そういやあ、こっちはまだ名乗ってなかったな。わたしは栄《えい》。『北斎』の弟子で、娘だ」

と、言った。

その名に、天の目がこぼれ落ちんばかりに見開かれたのは無理からぬことであった。

四

栄、またはお栄は、正真正銘《しょうめい》、葛飾北斎の娘である。

雅号は応為《おうい》。

南沢等明《みなみざわとうめい》という画家に嫁いだが離縁され、以降、北斎が没するまで共に絵を描き続けたといわれている。人物画に秀でており、この後『北斎』の美人画の多くを手がけることになる。いつ何処《どこ》で死んだかは定かではないが、応為の絵は現代にも残っている。

これはまったく、富籤《とみくじ》に当たったようなものだ。『北斎』の名は使えずとも、栄の絵はきっと読者の心をつかむ。これよりもよい描き手に巡り合うことはないだろう。

だが、そのためにはまず、おゑんという女の顔を、目を、どうにかせねばならぬ。しくじりは許されぬ。

小梅町の家に戻った天は、部屋にこもっているおふゆに帰った旨《むね》を告げてから、静かに二階に上がった。

おふゆは日中、ずっと書いている。部屋から出てくるのは、朝餉《あさげ》夕餉のときくらいで、それも無理やりに文机《ふづくえ》から引き剝がしてだった。姿勢だけは一人前の作家先生だ。ある程度、纏まるまでは見せたくはない、と言われているのでそれを待っているが、数巻分が仕上がるのは直《じき》だろう、と天は見ていた。読ませてはもらえずとも、食事のときの会話の端々からわかる。

天はすっかり馴染んだ二階の部屋に入ると襖《ふすま》を閉め、格子《こうし》窓に向かって置いた文机の引き出しを抜いた。この引き出しは奥行きが少し短くなっていて、隙間《すきま》ができるようになっている。そこにソーラーバッテリーとスマホを隠してあった。文机の背面には穴が開いていて、そこから入る明かりで充電ができるよう、細工を施してあった。道具屋で見つけた文机を買い、指物師《さしものし》に作ってもらった。おかしな頼みに職人は首を捻ったが、代金に色をつけると、何も聞かずに引き受けてくれた。

動作の確認のため、一日に一度はスマホを起動している。いまのところ問題なく動いているが、バッテリーも永久に保つわけではない。ソーラーパネルだっていつかは壊れる。

それまでにこの夢から覚めるか、元の時代に戻れるかすればよいが、今のところその術《すべ》はない。

深く考えると、漠然とした得体の知れないものに呑み込まれてしまいそうになるので、天は無理やり気持ちをいまに引き戻した。

（とにかく、メイクを覚えなくちゃ）

天のスマホには、気に入ったメイク動画がいくつか保存されていた。画面をタップし、ホルダーから『デカ目メイク』の動画を選んで再生してから横向きにした。万が一を考えて音はミュートしている。

卵に目鼻を描いたようなのっぺりとした顔をした女が、いちいち説明をしながら自分の顔にメイクを施していく。前に実際に試したこともあり、おおよそは覚えている。配信者ほどうまくはいかなかったけれども、それでも自分でも見違えるほど、目を大きくすることができて感動した。思わず自撮りもしてしまった。さすがに会社にしていく勇気はなかったが。からかわれるに決まっていたので。

十分ほどの動画を見終えた天は、重要なことを見落としていたことに気づいた。

（まいったな……）

色が足りない。江戸の女も化粧はするが、白、黒、赤、の三色しか使わない。肌を白くし、眉を黒々と塗り、唇を赤くし、目元をほんのりと染めるのが、江戸の化粧だ。だが、デカ目メイクには肌の色に近い茶色が必要だった。

押入れの行李《こうり》のトートバッグの中には、現代から持ってきたメイク道具がある。アイシャドウパレットもあるが、使うのは躊躇《ためら》われた。この時代にはないものだ。見せれば必ず興味を引いてしまう。御禁制の舶来物だと疑われて、あの山上という同心に捕まりたくはない。

どうしたものか、と思案していると、栄に指定を入れてもらった校合摺りの入った風呂敷が目に入った。今日は店に戻らなかったので、持ってきていたのだ。

そういえば、錦絵には様々な色が使われている。つまり、顔料の色に種類がないわけではないのだ。『北斎』も肉筆を描くのだから工房にも顔料はあるはずで、栄に頼めば必要な色を作ってもらえるかもしれない。

だが、絵に使う顔料を肌にのせてよいものか、判断はつかなかった。検索しようにもネットが繋《つな》がっていないので、どうしようもない。ダウンロードしてある資料には、たぶん記載されていない。

祝言の日だけのことなら、と考えるしかなかった。それを言ったら白粉《おしろい》だって有害なのだ。それに顔料とは、元々は古代において儀式のために体に塗ったのが語源のはずだ。

天は、嘆息した。

（……ほんとう、何もできないなあ、わたしって）

未来の生活は、江戸とは比べ物にならないほど便利だけれども、それは与えられたものを使っているだけで、原理なんかこれっぽっちもわかっていなかった。だから、なにもかも自分の手で何とかするしかないこの時代では、できないことばかり。

頭を振って、天はもう一度、始めから動画を再生し、手順を頭に叩き込んだ。いまはそれしかない。スマホを持っていくわけにはいかないから、ぶつぶつと呟《つぶや》いて口上も覚え、空で手を動かして体にも覚え込ませる。

釣瓶《つるべ》落としに日が暮れるまで、繰り返し動画を観た。

たまたま通りかかった男が、格子窓にゆれる女の影と怪しげな光に腰を抜かしそうになったが、ずいぶん酔っていたおかげで一晩寝るとすっかり忘れてしまい、悪い噂が広まることはなかった。

五

顔料のことを話すと、栄は二つ返事で承知し、祝言に間に合うように定めた化粧ためしの日取りまでには用意すると請け合ってくれた。それまでに天は、完璧とは言えずとも、元と比べれば明らかに見違えるくらいには仕上げるべく、メイク技術の習得に勤《いそ》しんだ。

そして、化粧ためしの日。

店は、前日に通いの女に頼んでおいたので、天は基本の化粧道具と、この日のために見繕《つくろ》っておいた刷毛《はけ》と筆を持ち、意気軒昂《けんこう》に家を出た。

手土産はいらねえ、と言われていたので、どこにも寄らずに御竹蔵傍《そば》の石原町《いしはらちょう》の裏長屋に真っ直ぐ向かった。

長雨もすっかり上がり、空はとても高かった。電柱と電線がなく、高層ビルもない江戸の町は、とてもすっきりとしている。天を突くように立っているのは火ノ見櫓《やぐら》と火ノ見梯《ばし》子《ご》ぐらいで、どちらも小さな屋根の下に半鐘《はんしょう》が下がっていて、火が出るとこれを打ち鳴らして知らせるのに使われる。八百屋お七にも振袖姿で梯子に登って半鐘を打ち鳴らす場面があるが事実ではなく、後年の創作らしい。ともあれ、そこが一番の見せ場なので、おふゆがどう生かすのか、とても楽しみだった。

どこからか焼いた栗《くり》の匂いが漂ってきて、帰りに買っていこうと考えながら石原町の木戸をくぐった天は、相変わらず墨の匂い漂う長屋の表から、こんにちは、と声をかけた。

すぐに弟子の一人が現れて中へと通されたが、工房は今日もひどく散らかっていて、足の踏み場を探すのに苦労する有様だった。誰も気にする様子はなかったが、天は無造作に置かれている絵を踏まないようにするのに難儀した。

「よう、来たな」

庭に面した明るい部屋に、栄はいた。何故か仁王《におう》立ちで腕を組み、相変わらず男のような形《なり》をしていて、捲《まく》り上げた裾から褌が覗《のぞ》いていた。だがその足は間違いなく女のそれで、白くすらりとしてどこか艶《なま》めかしい。

隣には、歳《とし》の頃が同じくらいの女が一人、座っていた。暗い鳶《とび》色の袷はどこかくたびれていて、肩をすぼめて猫背な様は、お白洲《しらす》に引き出された罪人のようだった。幸せな匂いは少しも感じられず、これが本当に祝言を間近に控えた女なのだろうか、と天は首を捻った。

栄は墨で汚れた手で、女の骨ばった肩をぽんと叩いた。

「こいつが、おゑんだ。よろしく頼む」

「……おゑんです」

ぼそりといって天を見たその目は、話に聞いていた通り、切れ長でとても細かった。だが決して悪くはない。いわゆるアジアンビューティーの目だ。浮世絵に描かれる美人にも、この目が多いから、何を気にしているのだろう。

「栄さん、ちょっと」

ひょいと手招くと、なんでい、と栄は傍に来た。

天は耳に口を寄せ、こそっと、

「美人じゃないですか。美人画の女の人の目って、みんなあんなですよね？」

「だよなあ」

栄は嘆息した。

「いくらそう言っても聞きやがらねえ。狐だなんだってからかわれたのだって、餓鬼《がき》の頃の話だぜ？　まあ、それが呪いになっちまって、縁のなかったのもそのせいだと思い込んじまってんだろうが」

「でも、その縁があったわけでしょう」

「だからこそ、よ。逃したくない、笑われるならまだしも、あの目のせいで祝言の場で、この縁談は無しだ、と言われるんじゃねえかって怯《おび》えてんのさ」

そんなことあるわけが、と思ったが、現代の常識で計れぬ時代であることを思い出して、天は言葉を呑み込んだ。容姿についての呪いなら、女なら誰でも覚えがある話だ。何気ない一言に病むこともある。今の話を聞くまでは、挿絵のためにしくじりはできない、と考えていただけであったが、おゑんの呪いを解いてやりたいと思った。

天は、内緒話をやめて、

「それで、お願いしていたものは?」

「おう。あんたに言われたとおりの顔料は揃《そろ》えた。紅よりも少し緩めに仕上げてある。白粉の濃さにあわせた暗さの違う灰色と、ごくごく淡い赤って話だったが、今日は肌に合わせた土色にした」

栄の指した先には、盆の上に並んだ小皿があって、すでに溶かれた顔料が満ちていた。思っていたよりも濃い色だったが、おゑんの肌は浅黒いので陰影を際立たせるにはこのくらいの方がいいだろう。血色を出すための赤はちゃんとある。

「祝言の席でも白粉を塗らないんですか?」

江戸の化粧の基本は白粉だ。胸元から上を真っ白に塗る。厚化粧もいいところで、元の肌の色がわからないくらいに重ねる。もっともそれは祝言など特別なときだけで、普段は素肌に紅を差す程度だ。

「そんときは塗るが、今日はためしだ。あんたに祝言にまで出張ってもらうわけには、いかねえかんな。こつをつかめればそれでいい」

「わたしはそのつもりだったんですけど」

「悪ぃが、身内だけの宴席だ。遠慮してくんな」

こっちへの気遣いではなく、お呼びではない、ということか。別段、おゑんの祝言に出たいわけではなかったから、むしろありがたかった。それに栄ならば、こつがわかれば難なくこなせるだろう。化粧は、キャンバスは違うが、絵のようなものだ。

「じゃあ、さっそくはじめましょう」

言って、天はおゑんの正面に膝《ひざ》立ちになった。間近で見ると肌は滑らかでとても肌理《きめ》が細かかった。微《かす》かに鶏《とり》小屋めいた臭いがするのは、顔を洗うのに鶯《うぐいす》の糞《ふん》を用いているからだろう。江戸の女たちの間では珍しいものではないが、どうにも臭いに慣れず、天は使っていなかった。おふゆに言わせれば、獣肉の方がよっぽど、らしいが。

まずは眉を整える必要があったが、剃らなくてもほぼ残ってはおらず、眉墨を引けば事足りるのは良かった。さすがに他人の肌に剃刀《かみそり》をあてる勇気はない。

「目を大きく見せるには、眉墨は細く短く引きます。目の幅より張り出さないように気をつけてください」

細い筆に墨をつけて、すっすっ、と描く。うまくいった。他人に化粧をするのは初めてではない。学生のとき、遊びで互いにメイクを施した経験が役に立った。

「次に、眼孔《がんこう》をなぞるように目の上の部分に濃い色を乗せます」

肌より一段暗い顔料を塗る。現代のアイシャドウはパウダーだが、顔料は糊《のり》の一種に溶いて使う。乾くと色だけが残って落ちなくなる。

「大丈夫かい？　歌舞伎の隈取みてえだが」

後ろからした栄の声に、おゑんの眉が曇《くも》る。

「乾いたら、縁を擦《こす》って自然に見えるようにぼかすんですよ」

少し待ってから、天は筆で丁寧に縁を擦った。小間物屋で買った紅を使って自分の肌で何度も試したが、塗るよりもこっちの方が何倍も難しかった。繰り返し試したおかげで、なんとか上手《うま》くできるようになった。

栄が、ほう、と感嘆した。

「瞼《まぶた》の上がくぼんで見えらあ」

誇らしさに笑んでしまいそうになるのを堪える。

「下の涙袋にも影を入れます。こっちは上よりも細く、濃い目に」

すっ、と刷いて、乾いてから同じように擦る。

「こりゃあ、驚きだな。これだけで、もうでかく見える」

「まだまだですよ」

天は、ふふ、と笑って、淡い桃色の顔料を筆に取った。それを、さきほど作ったくぼみの影と目の間、それと瞼と涙袋に塗っていく。乾くのを待ってぼかし、さらに少しだけ明るい桃色を目の縁に細く細く乗せていく。

「どうですか？　こうすると目がよりはっきりと浮き上がって、大きく見えません？」

「こりゃあ、大したもんだ」

興奮した様子で、栄が膝を打つ。自分の顔が見えないおゑんはますます不安気だったが、顔を顰めないで、と少し強く諌《いさ》めて、仕上げに入った。

肌よりも大分濃い顔料を至極細い筆に取り、目の輪郭《りんかく》に塗ってくっきりと際立たせる。ここで大事なのは目尻だ。『都風俗化粧伝』にも目尻を上げ下げする方法が載っているが、それに近い。ただし使う色が違う。『化粧伝』では鮮やかな赤だが、こちらは肌の色。乾いてからこちらも自然に縁をぼかせば、

「できました」

息を吐いて、天は筆を置いた。

「……こりゃあ、まるで妖術だな」

栄は、ううむ、と唸った。

「いや、要は影の作り方か。そういやあ、前に親父がどっかで手に入れてきた南蛮《なんばん》絵で見たことがあるぜ。くろっきぃ、だったかな？　紙の上なのに器《うつわ》が浮き上がって見えて驚いたが、あれのからくりも影だった」

さすがの理解の早さに、天は舌を巻いた。

要するにこれは、目の錯覚だ。ありもしないところに影を作って、浮き上がらせる。それが『デカ目メイク』の正体だ。本当は仕上げにマスカラを使って睫《まつげ》を伸ばして持ち上げたいところだったが、さすがに用意できなかった。糊に炭を混ぜれば作れそうな気もしたが、取るときに元の睫も抜けてしまいそうだったので、やめておいた。

「なあ、そっちの目はわたしにやらせてくれよ」

「そのつもりですよ。婚礼の当日は栄さんに任せるんですから」

「よっしゃあ」

うきうきとした様に思わず逃げ腰になるおゑんの顎《あご》を、栄はがっしりとつかんだ。

「おっとっと。逃げんなよ、おゑん？　わたしに美人にして欲しかったんだろう？　望み通りにしてやらあ」

くつくつと笑って、栄は筆を取った。ひぃ、とおゑんが小さな悲鳴を洩《も》らしたが、そんなものが聞き入れられるはずもない。

「ここをこうして……ここがこうで……こうかあ？」

栄は、よどみなく肌に筆を走らせる。そのさすがの捌《さば》きっぷりに、天は目を瞠《みは》った。あっという間に、目が大きくなっていく。

「よし、できた！」

たん、と筆の柄を皿に打ちつけるように置く。

天は唸るしかなかった。栄に比べると、自分が施した方はどうにも拙《つたな》い。デパートでやってもらったときはとてもいいと思ったのに、家に帰ってやったらなんとなく違う、と思うあの感じに似ていた。

「はは！　こりゃあ、おもしれえ！　ほら、自分で見てみろよ、おゑん！」

栄は手鏡を差し出した。

柄を握り、おそるおそる覗き込んだおゑんは、嘘《うそ》、と呟いたきり黙り込んで　鏡に映った自分の顔を凝視し続けた。

「どうやら、気に入ったみてえだな。しっかし、こりゃあ大変だぜえ？　旦那《だんな》がずっとその顔でいてくれって言い出したら、どうするんだよ」

その言葉に我に返ったのか、おゑんは鏡から顔を上げた。

「しらないよ。祝言さえ上げちまったら、こっちのものさね。顔が気に食わないなんて理由で離縁しようったって、そうはいかないんだから」

そう言ってまた、うっとりと自分の顔に見入る。

「……まあ、大丈夫さ」

栄は、天にこそっと耳打ちした。

「あいつの夫になる男は、おゑんの糸みてえな目が好きなのさ」

「だったら――」

「それを信じられねえくらい、おゑんは自信がなかったってことさ。だがそいつも――」

栄の言いたいことは、天にもわかった。

おゑんは、きっともう大丈夫だ。化粧によって顔が変わっただけではない。心も変わったのだ。唇に浮かぶその微笑を見れば、誰だってわかる。

だが、嬉《うれ》しいのは、天もだった。

挿絵を頼むために引き受けたことではあったが、助けられてばかりであった自分が、ようやく役に立てた、と思えた。役に立たないと思っていた現代の知識がようやく意味をもった。これが夢なのか、そうでないのかはいまもわからないが。

栄は腰に手を当てて、ふ、と笑んだ。

「ようし、約束だ。あんたの戯作に挿絵を描こうじゃないか」

天は深々と頭を下げた。

「ありがとうございます。わたしは取り回すだけですが、きっと良いものにします」

そうかいそうかい、と栄は天の背中を乱暴に叩いた。

「で？　あんたの作ろうって本は、いったいどんな話なんだ？」

六

筋違御門《すじかいごもん》が近い飯屋の奥まった小上がりの衝立《ついたて》に隠れて酒を呑む貝助は、常よりも陰気さが汚れた袷からも臭ってきそうで、下女も顔を顰める有様だった。しかも、酒を一合と蕎麦掻《そばがき》を頼んだきり、もう一刻（約二時間）も居続けているので、店主の顔も渋い。

そんな貝助に、

「よう」

と声をかけた男があった。

うっとうしげに目を上げた貝助は、ぎょっとした顔つきになって、ごくりと口中に残っていた酒を飲み込んだ。だるそうに立って自分を見下ろしていたのは、八丁堀《はっちょうぼり》だった。

「彫り師の貝助だな？」

にやりと口の端を持ち上げて笑った男に、すでに名を知られていることに、貝助は眉を顰《ひそ》めた。同心なら、身元を洗うことなど造作もなかろうが、調べられる謂《いわ》れがない。

「なんですか、旦那」

「おまえ、『浅倉堂』に出入りしてるだろう？」

「へえ」

「そうかいそうかい」

喉の奥で笑いながら、同心は許しもなく小上がりに草履《ぞうり》を脱ぎ、貝助の向かいに座った。

「情ねえことだなあ、おい」

貝助の眉がぴくりと震えた。

「どういう意味で？」

「あそこは最近、主が変わったんだろう？　御家人が道楽で株を買ったはいいものの、面倒になって自分の色に押し付けた。女なんぞに主面で、あれをやれこれをやれと言われて、へいへいと尻尾を振ってるんだってな」

あの天という女が、遠野伊織の女だとは知らなかった。

小馬鹿《こばか》にするようにへらへらとした顔に拳《こぶし》を叩きこんでやりたいのを、貝助は堪えた。同心に手を上げたら、ただではすまない。ありもせぬ罪を着せられて、良くて遠島、悪くすれば三尺高い板の上に首が乗る羽目になる。

「挙句、腹立ち紛れに丁半博打《ばくち》に手を出して、借金をこさえたんだって？」

「根津《ねづ》の半吉《はんきち》さんに頼まれたんですかい？」

借金は、香具師《やし》の元締めである根津の半吉の賭場《とば》で作ったものだ。恐ろしい男で、同心を顎で使うという噂もあったが、本当だったとは。

「……馬鹿を言ってんじゃねえよ」

がらりと様子が変わって、男は貝助を恐ろしい目で睨《にら》みつけた。いまにも腰間から白刃が奔《はし》って、すっぱりと首を落とされそうに思え、貝助は震え上がった。

「この山上弥一郎様を、そのへんの十手持ちと一緒にするんじゃねえ。そっ首とまではいかずとも、鼻を削ぐくらいは造作もねえことだぜ？」

「も、申し訳ございやせん……」

震えながら言うと、山上と名乗った同心は、再び笑みを浮かべて、これからもせいぜい気をつけるこった、と目を細めた。

「ところで、句集の方はどんくらい進んでるんだい？」

「句集、でございますか……？」

「おいおい、とぼけるなよ。遠野伊織が地本問屋の主に収まったのは、何処にも相手にされねえ己の句集を出すためだろう？」

「ああ、その話ですか」

貝助は、胸を撫《な》で下ろした。

「肝心《かんじん》の句が揃わないとかで、ひとまず棚上げになっているようでございますよ」

「それじゃあ、新年は何を出すんだ？」

「久方ぶりに新しい読本を出すつもりのようで」

貝助は、苦虫を口いっぱいに頰《ほお》張って嚙《か》み潰したみたいな顔になってしまったことを自覚したが、どうしようもなかった。

「気に喰わねえって面だな」

「その通りで」

隠す必要もない。貝助は、天のすることなすことが気に食わなかった。侍《さむらい》が気紛れに連れてきただけの女が、ずうずうしく主面であれこれと指図するのが、癇《かん》に障《さわ》って仕方がない。

「それに、本を書くのも素人《しろうと》の女なんでさ。挿絵だけは『北斎』に描いてもらえることになったって話ですが、そいつだって御大じゃあなくて、娘だってんだから、女、女、女、ふざけんなってんだ」

このところどうにも酔えないのも、そのせいだった。どうして俺が女に顎で使われなきゃあならんのだ、と腸が煮えている。

「だったら、ちょいといい話があるんだが」

山上弥一郎の顔になんとも薄気味の悪い含みのある笑みが広がった。

「へ、へえ……」

格子窓の外の葉陰《はかげ》で、季節外れの蟷螂がその鎌でがっちりと憐《あわ》れな蛾《が》を捕らえ、いましも腹袋に喰らいつかんとしていたことを、貝助は知らない。

第六話
草紙狂騒

一

「で、できた……」

昼八つを過ぎてよろよろと部屋を出てきたおふゆの様は、それはもうひどいものだった。髪は乱れ、頰《ほお》はえぐれるようにこけ、目は落ち窪み、肌は土気色で、いましがた墓から這《は》い出てきたかと見紛《みまご》うばかりであった。

「よ、読んで……」

震える手で差し出された紙の束を、天《そら》は、初亥《はつい》の日に出したばかりの炬燵《こたつ》から出、丁重に受けとった。

「……寝る……」

それだけを言って、おふゆは部屋に戻っていった。しょうのないことだ。ここ三日ほどまともに寝ていないことを、天は承知していた。食事も、好きなときに食べられるように握り飯にしておいたが、ほとんど手をつけていなかった。

起きたら何か精のつくものを食べさせよう、と考えながら、天は開けっ放しだった襖《ふすま》をそっと閉め、炬燵に戻った。

月は変わって神無月《かんなづき》。八百万《やおよろず》の神が出雲《いずも》へ戻るので、江戸は神無しである。現代の暦《こよみ》では神無月は十月であるが、実際には十一月なので木々はすっかり紅葉し、吹き抜ける風も木を枯らすほどに冷たかった。

二人用の小さな炬燵の上にまだ墨《すみ》の匂いのする紙の束を置き、さて、と姿勢を正す。分量はさほどではない。『八百屋お七《しち》』は元々長い話でないし、読本《よみほん》の一冊の長さは挿絵を含めて五十頁《ページ》ほどだ。ざっと見たところ、この本は、三冊分くらいか。それでも現代の文庫に比べると中編程度でしかない。半刻もあれば一読はできるだろう。

すう、と息を吸い、天は原稿に目を落とした。

「…………」

最初の数行で、ああ、と声が漏れた。自分の見立ては間違っていなかった、と。

ゆっくりとなぞるように文字を追う。初めは暗号にしか見えなかったそれも、いまでは流れるように読める。

「…………」

「――鯖《さば》ぁ――鯖の味噌《みそ》煮ぃ」

棒手振《ぼてふ》りの声に天が顔を上げると、いつのまにか部屋は夕暮れに赤く染まっていた。

（あ……もうこんな時間……）

天は原稿を布団の脇にまとめて、炬燵を出た。中庭から入ってくる微《かす》かな風に、足がひやりとした。中庭の柿の木の葉はもうずいぶんと落ちてしまって、消えない火のように大地に積もっている。

天は玄関を出て棒手振りを呼び止め、鯖の味噌煮を二切れ求めた。皿に載ったそれを蠅《はえ》帳《ちょう》に入れて網戸を閉じる。冷蔵庫などないこの時代、食べ物は風の通る蠅帳に入れておく。日を跨《また》いでは取って置くことができない物がほとんどだから、惣菜《そうざい》はその都度の分を買い求め、作る場合も朝に煮《に》焚《た》きをして、その日に食べ切ってしまう。

飯を温める術《すべ》がないので、寒くなると汁物が欲しくなる。今夜は茸《きのこ》の味噌汁にしよう。おとつい、店の方に顔を出した伊織が差し入れてくれたものがある。

天はまえかけを締め、土間に下りた。竈《かまど》に火を熾《おこ》し、瓶《かめ》から水を移して煮立たせ、煮干と、たっぷりの茸を入れる。煮えたら火から外して、味噌を溶く。それだけのことなのだが、現代では考えられないくらい時間を取られる。

辺りはもう薄暗く、天は行灯《あんどん》に火を入れると、おふゆを起こしに行った。寝乱れたまま起きたおふゆは、箱膳の前に座ると味噌汁を啜《すす》り、

「ああ、生き返る……」

と呟《つぶや》いた。

「鯖も美味《おい》しいですよ」

天が勧めると、おふゆは箸《はし》で身をほぐし、口に運んで顔をほころばせた。

食事の間は、あえて原稿の話はしなかった。

綺麗《きれい》に平らげて片付けも済ませ、熱い茶を入れてようやく、

「さて」

と、天は切り出した。

「御作、読ませていただきました」

「は、はい」

おふゆは、明らかに気が張っている。ごくりと喉《のど》が動く。

「……面白かったです」

天の一言に、おふゆの体からこわばりがとけるのがわかった。肩が下がって袷《あわせ》がずり落ちそうになったが、気づいていない。気持ちはわかる。評価を聞くのが怖いのは、天も同じだ。担当した本の初速が芳《かんば》しくないときなどは、胃が痛くなる。

「主役の前世が女火消しというのも、とてもいいと思います。火消しが転生したらそこは

過去で、将来、放火の罪で火炙《ひあぶ》りになることを知って、その運命を変えるために奮闘する――こちらの提案をとてもよく生かせていると思います」

あらすじは、こうだ。

両親を火事で失った娘、おえんは、女火消しとしていの一番に現場に駆けつけ、纏《まとい》を振るのが生きがいだった。だが、ある日の現場で突如《とつじょ》屋根が崩れ、炎に飲まれて命を落とす。それを憐《あわ》れに思った観音様の慈悲で転生を果たすも、そこは百年以上も昔の江戸だった。前世の記憶を宿したままであったおえんは、自分が『八百屋お七』に生まれ変わったことを知る。このままでは、行き着く果ては火炙りだった。そんな運命は御免と、お七となったおえんは今生《こんじょう》でも、火をつけるのではなく消す側――火消しになるべく、体を鍛える。同じ町内の秀《ひで》という男児とはしょっちゅう喧嘩《けんか》をする悪友で、互いに憎からず想うところもあるが、はっきりと恋を自覚してはいない。

運命の天和《てんな》二年の年末。史実通りに駒込《こまごめ》の大円寺《だいえんじ》から出火。お七と秀の暮らす本郷《ほんごう》一帯も火に包まれたが、いち早くお七が炎が迫っていることに気づき、そのおかげで多くが難を逃れ、一家は吉祥寺《きちじょうじ》という寺に避難する。

そこでお七は、若い僧侶の吉三郎《きちさぶろう》と出会う。惚《ほ》れたら破滅、とわかっていても揺らぐほどの艶《つや》のある美僧であった。が、何とか踏みとどまる。それには、すでに恋心を抱いていた秀が在《あ》ることが大きかったが、秀は吉三郎に強い対抗心を抱く。

吉三郎はなんとかお七の気を引こうと、寺には門外不出の黄金秘仏があること、見るだけで寿命が壱百《ひゃく》日延びることなどを語る。こっそり聞いていた秀は、怪しいもんだ、と疑うも、避難をしていた者の中に盗賊がいて、その話を興味深く聞いていたことには気づかなかった。

それからもなんやかやと吉三郎はお七に構う。運命力は恐ろしく、強引に迫られて幾度か揺らぎそうになったものの、恋に落ちたら仕舞いだった。末は火炙り。だが、見目は良くて艶もあり、所帯が持てるなら還俗《げんぞく》しても良い、などと言われては揺らぐもの。それでもなんとか抗《あらが》えたのは、なによりお七には、今生でも火消しになるという夢があったからだった。

やがて長屋は再建されて、お七たちは寺を引き払った。これで一安心、と思ったのだが、どうにも秀の様子がおかしい。やたらと構ってくる。ちょっと高いところへ登ると、怪我をするから危ないだのと言ってくる。

一方、吉三郎は恋に身悶《みもだ》えをしていた。修行の僧の身では寺を抜け出すわけにもいかぬ。そんな吉三郎を見かねて、火事の際に寺に身を寄せていた権太《ごんた》という男が手紙の使いを引き受けてくれた。だが、何通手紙を書いても一向に返事は来ぬ。吉三郎はさらに病み、どうしたらよいのだろうと男に相談をする。すると男は、もう一度火事になればお七さんに会えましょう、と囁《ささや》くのだった。

だがこの男、実は盗賊。寺の黄金秘仏を狙っていたのだ。奥に造作なく入るにはもう一度火事が起きて寺に避難する必要がある。そのために吉三郎を追いつめたのだ。

そんなことが起きているとは露《つゆ》も知らぬお七であったが、秀もまた恋によって下手な策を弄《ろう》していた。その日、お七は親に頼まれて仕方なく、慣れぬ振袖《ふりそで》を着て料亭へ出向いた。そこに待っていたのは羽織袴《はかま》姿の秀とその両親。これは結納であった。親同士が承知をしていれば断れないのがあたりまえ。だが、この騙《だま》し討ちに等しい行為に、お七は怒って店を飛び出す。

慌《あわ》てて追いかけてきた秀の頰《ほお》を張り、こんなことをしなくてもあんたのことを好きだったのに、と。秀は土下座をして謝り、吉三郎に嫉妬《しっと》しちまって、と言うも、そのとき、火事だ、という声がした。見れば、お七の家の路地に火が！　秀に火消しを呼ぶように言って、お七は振袖のまま櫓《やぐら》に上り、半鐘《はんしょう》を打ち鳴らす。

だが、音だけではどこが火元なのかはわかりにくい。お七は自身番に置いてある刺股《さすまた》を引っつかむと、屋根に上り、振袖を脱いで絡め棒に巻きつけて纏の代わりに振る。火消しが集まってきて火を消す中、お七の振袖はひときわ美しく舞う。

そのとき、屋根が抜けた。前世と同じ。だが、お七に後悔はなかった。火は無人のこの店だけで済みそうだったから。屋根から落ちて炎に飲まれる寸前、その腕を秀がつかんだ。今度は死ななかった。しっかりと抱き合う二人。それを見て、飛び出して来たのは誰あろう、吉三郎。嫉妬に狂い、放火をしたのはお七だと訴える。しかし、そのようなその場の嘘《うそ》がまかり通るはずもなく、吉三郎は捕縛された。

その後の調べで、お七が手紙を受けとっていないことを教えられた吉三郎は自分が騙されていたことを知り、放火をそそのかされたことを白状。盗賊、鰻《うなぎ》の権太一党も捕縛され、死罪となったが、これは後の話。

この働きで、お七と秀は共に火消しになり、数年のち、祝言をあげるのだった。

——と、いうお話。

分量としては、三冊。挿絵を多くすれば四冊、といったところだ。

「細かく言えば直した方がいいところもありますが、基本、このままで出せる出来だと思います。早速、栄《えい》さんに挿絵をお願いしましょう」

「栄さん？」

「言ったじゃないですか。この本の挿絵は、葛飾北斎《かつしかほくさい》の娘さんで弟子の、栄さんが引き受けてくれたって。『北斎』の名前は使えないですが」

おふゆは首を捻《ひね》った。

天は確かに告げたのだが、おそらく聞いてはいても、右から左、馬耳東風《ばじとうふう》だったのだろう。執筆中の作家にはそうした人がいる。おふゆもそうなのだ。

でも、とおふゆは破顔した。

「初めて書いたのに、北斎一門に絵を付けてもらえるなんて誉《ほま》れだわ。だけど、読んだらなんて言うだろう。断られたりしないかしら?」

「大丈夫ですよ。何であれ描く、と言質《げんち》を取ってありますから。それに、これを読めば栄さんの筆もきっと乗ります。面白いですから、本当」

「うれしい……」

おふゆは、照れたように僅《わず》かに目を伏せた。その頰は行灯の薄明かりでもわかるくらい、ほんのりと赤い。

「わたしはこれからこの本に朱《あか》を入れさせてもらいます」

「あか?」

「ええと……わたしの意見みたいなものです。そうしたら、それを叩き台にして、何処《どこ》を直すのか、直さないのかの打ち合わせをしましょう。とりあえず、ごくろうさまでした」

畳《たたみ》に指をついて頭を下げると、おふゆも同じように返した。そうして顔を上げると、どちらともなく微笑を交わした。

ああ、お風呂に入りたい――おふゆはそう言うと大きく伸びをして体をほぐし、じゃあすぐ焚きますね、と天は、よいしょ、と立ち上がった。

二

黄表紙《きびょうし》本は絵本のように挿絵と文が同じ頁にあるために、まず絵を仕上げてもらい、その余白に筆耕が文を書くという手間が必要である。一方、読本は挿絵と文がきっかり分かれているので、それぞれに進めることができる。

おふゆの戯作《げさく》は、読本の型にすると決めていた。

現代のライト文芸を下敷きに、挿絵は見開きではなく左の半頁に、その分、数を増やして見せ場を多く描いてもらうことにした。絵描きとしての見せ場はどうなる、と反対されるかと思ったが、栄は、いいんじゃねえか、と乗り気であった。いつもと同じじゃつまらねえ、が北斎の気概らしい。代わりに、折込の錦絵を付けることを話すと、そいつは豪儀だ、と膝《ひざ》を打った。

栄には原稿を読んでもらい、絵を何処に入れるかの意見ももらった。解釈は、天とほぼ一致していたので、すんなりと決まった。

本は当初、全四巻にすることも検討したが、話の引きや分量も考えると、三巻に納めるのが妥当だった。

一巻は、おえんの転生から、焼け出されて吉三郎と出会うまで。

二巻は、吉祥寺での恋の鞘当《さやあて》。

三巻は、寺から戻ってから放火事件の顛末《てんまつ》まで。

本の大きさは、厚さと手にしたときの読みやすさを考えた結果、読本よりも小さい、中本と呼ばれる大きさにすることにした。凡《およ》そ、B6といったところだ。

だが、これには栄が渋った。

未来と違い、大きく描いた絵を小さく刷ることはできない。中本の絵は中本の大きさで描かなければならぬから、当然、細かい絵は描けない。彫ることを考えたら尚更だ。それでは絵描きとして面白くない、というわけだ。

それでも、と膝を突き詰めて話し、しぶしぶだが納得してもらった。代わりに折込錦絵は存分に筆を振るってもよいと約束させられた。その分、画稿料は上がるが仕方がない。

とりあえず一巻目の本文を筆耕に回して清書を頼み、栄にも挿絵に取り掛かってもらった。

天は北斎工房に出かけることが多くなって、店は通いの女に番を頼むことが増えた。何度か伊織が訪ねてきた様子だったが、折悪《おりあ》しく留守にしてばかりであったので、しばらく顔を見ていなかった。

少しばかり寂しく思わなくもなかったが、そんな情は日々の忙しさに埋もれてしまった。

二十日には各商家で恵比寿講《えびすこう》が行われ、商売繁盛を願った。『浅倉堂《あさくらどう》』も例に漏れず、ささやかではあるが、通いの女や職人たちに御馳走を振る舞った。だが、その席に貝助《かいすけ》は顔を出さなかった。折り合いはますます悪くなっていて、天の方でも用がない限りは話しかけることがなくなっていた。

思えば、きちんと向き合うべきであったのかもしれぬ。しかし、先には立たぬから、後悔なのだ。

やがて霜月《しもつき》となり、文字通り霜が下りる季節の到来に、寒さで目が覚めることも珍しくなくなった。暦《こよみ》でいえば十一月なのだが、新暦に直せばすでに十二月であり、しかも令和に比べると信じられぬほど寒かった。何より辛くなったのは、水仕事。江戸の水は切れるほど冷たく、湯沸かし器があたりまえにあった生活を、心からうらやましく思った。

そんな時代であっても、人々の熱気は冷めることを知らぬ。

一日《ついたち》からは浅草《あさくさ》の猿若町《さるわかちょう》で歌舞伎《かぶき》の顔見世興行が始まり、多くの庶民《しょみん》が押し寄せて、押すな押すなの賑わいに、そこだけは夏が戻ったようであった。前日の神無月の晦日《みそか》に掛けられた役者の大絵看板に女たちは熱狂し、同じ役者の錦絵が飛ぶように売れることになる。『浅倉堂』でも錦絵の在庫を捌《さば》きつつ、新作の発注を北斎工房に掛けたりもした。北斎御大に何とか連絡がつき、人物画に限って栄の判断で受けてもよいということになったのだ。

天は神無月の内に一巻分の清書の済んだ草稿を検《あらた》めに出していたが、中々に添章《そえしょう》が発行されずに、じりじりと待っていた。

——そうしてようやく許しが出、さあこれから、というときに、その難事は降りかかった。

「え、辞める……?」

貝助から唐突に告げられたことを理解できず、天は鸚鵡《おうむ》返しに聞いてしまった。よりによって、待たされた検めがようやく済んだと報《しら》せがあり、いよいよ彫りにかかれるとなった、その当日でのことである。

まとめた道具を脇に抱えた貝助は、

「ああ、辞める」

と、繰り返した。

「何が転生お七だ。あんなもんは戯作じゃねえ下の作だ。まったくくだらねえ。あんなもんを彫っちゃあ、彫刻刀が錆《さ》びらあ。それになあ、女の下で働くのなんぞ、もう御免だ。俺だけじゃねえ。平吉《へいきち》たちも同じよ」

「平吉さんも⁉」

「おうよ。くそったれの二本差しの色風情が、男の仕事にあれこれ口を出すなんざ、許されるこっちゃねえ。思い知りやがれってんだ」

そう言い捨てて、貝助はどこか逃げるように店を飛び出していってしまった。

天は、呆《ほう》けて見送ることしかできなかった。

二本差しの色、とは、伊織《いおり》の女、という意味だろうが、ひどい誤解だ。貝助が自分に何か含むところがあることは感じていたが、よもや店の主人が――正しくは代理なのだが――女なのが気に食わなかったとは。時代性……とも言い切れぬ。令和にもそういう人間はいる。男というだけで女よりも上だと考える輩《やから》は。

瓦崎盛而《かわらざきせいじ》がそうであった。こんなことになっているのは、大本を糺《ただ》せばあの作家のせいと言えなくもない。いまのいままでついぞ思い出しもしなかったが、瓦崎は助かったのだろうか。腹の立つ男ではあったが、そうであって欲しいと思った。

ともあれ、刷り師の平吉たちがその手の男だとは思わなかったが、態度に見せなかっただけで含むところはあったのかもしれない。

（こうしちゃあ、いられない）

腹を立てている場合ではない。彫り師と刷り師がいなければ、本は作れない。早急に新しい職人を探さねばならぬ。だがこの時期、職人は引っ張り凧《だこ》。初売りの彫りは終わっていても、顔見世興行でお披露目された看板役者の錦絵のためにきっちり押さえられているであろうし、刷り師の仕事はまさに今が佳境。

だからといって手を拱《こまね》いてはいられない。伝手《つて》といったらこの店の前の主人である信兵《しんべ》衛《え》だが、手紙を出してもきちんと手元に届くのか、届いたとして返事がいつになるのか、まったくわからなかった。

他に頼れそうな人物といえば——信兵衛の娘のおみよしかいない。店に出入りしていた通いの職人は貝助と平吉たちだけのはずはないから、顔を繋げてもらえるかもしれない。

「すいません、志保《しほ》さん。ちょいと留守にしますんで、あとをよろしく願いします」

天は、鮫小紋《さめこもん》の半纏《はんてん》に袖を通し、御高祖頭巾《おこそずきん》を被って店を出、急ぎ足におみよの嫁ぎ先である、四谷御門《よつやごもん》近くの薬種問屋『笹森屋《ささもりや》』へ向かった。

三

「天さん、ひさしぶりねぇ」

　数ヶ月ぶりに会ったおみよは、鉄漿《かね》を塗り、どこか肉置《ししお》きがどっしりとして、女房、という言葉がしっくりくる女性になっていた。

「お久しぶりです」

　おみよとは数度会ったきりであったのだが、気さくに奥へと通してくれた。『笹森屋』は大きな店ではない。さすがに丁稚《でっち》はいるが、女将《おかみ》も主《あるじ》と共に働かねば店は回らず、客への茶くらいは手ずから淹《い》れる。土産《みやげ》にと、途中でみたらし団子を買ってきてよかった。

　それで今日は？　と問われた天が、事のあらましを話すと、

「あの人は、そういう人よねぇ」

　と、おみよは笑った。

「わたしも散々、早く嫁に行け、嫁に行けぬような女は駄目だ、って言われたわ。嫁の来

てのないあんたに言われたくない、って思ってたけど。普段からそんな風に言っているのに、女に雇われているっていうのがもう、きっと耐えられなかったんでしょうねえ」

失礼な話だ――だが今はそれより、貝助の代わりの彫り師、平吉の代わりの刷り師だった。

「それであの……」

「うん。彫り師も刷り師も何人かは当てがあるし、繋ぎもつけてあげられるけど……どうかなあ？　天さんも知っての通り、この時期は皆、大忙しだから。たぶん、無理だと思うよ」

半ば、予想はしていた答えだった。かといって口入屋《くちいれや》に頼んでも、きちんとした職人が来る保証はない。腕のいい彫り師は仲介がなくても引く手数多《あまた》なのだから。その点において、貝助の腕は確かだった。これは、よくよく話し合っておかなかった己の失策だ。個人的な感情は抜きにして、店を任された主としては不明を誹《そし》られても仕方がない。

「他に……他に誰かいないでしょうか？」

「だったら、瓦版屋《かわらばん》はどう？」

「瓦版、ですか？」

「うん。御上の許しを得ていないけど、あれも立派な刷り物でしょう？　彫ってる人がいるってことじゃない」

　そうか、と天は膝を打つ思いだった。瓦版はペラ一枚だが、絵と文がそこに収まっている形は黄表紙と同じだ。地本問屋《じほんどいや》に出入りをしている職人よりも、手は空いているかもしれない。

　そういえば、と天は以前に貝助が言っていたことを思い出した。

「貝助さんの妹さんが、瓦版を作ってるって聞いた覚えがあるんですが」

「ああ、そうそう。そうだったわね」

　おみよは立ち上がると、箪笥《たんす》の引き出しから一枚の紙を取り出して、天の前に再び座った。

「はい、これ、雪枝《ゆきえ》さんの瓦版」

　渡された瓦版のネタは、この間の歌舞伎の顔見世興行だった。真ん中に大きな絵で看板役者がずらりと並んで、周りに、それぞれの素晴らしさがみっしりと書き連ねられている。それでいて少しも読みづらくないのは、彫りが鋭いからだ。なにより、顔見世興行からまだ五日も経《た》っていない。なのにこの出来。版下絵を仕上げるのに二日としても、部数はわからないが刷りに一日と考えると、中二日でこれを彫ったことになる。この速さと正確さ。ぜひともこの人に頼みたい、と天は思った。

「あの、貝助さんの妹さんに引き合わせてもらえませんか？」

「いいよ。雪枝ちゃんの居所、教えてあげる。わたしの紹介で来たって言えば大丈夫。だけど急いだ方がいいかも。いつ屋移りするかわからないから」

北斎もだが、版画に関わる人間はやたらと引越しをする癖でもあるのだろうか——と思いつつ、天は薬種問屋を辞し、おみよから教えられた雪枝の家に向かった。

兄のしでかしたことを話せばきっと引き受けてくれるよ、とおみよは言ったが、そんな理由がなくても、ぜひにも雪枝を掻《か》き口説きたかった。

駕篭《かご》を使って小石川《こいしかわ》の伝通院《でんつういん》の門前で降ろしてもらい、茶屋で雪枝の好物だと教えられた豆大福を買い求めて、長屋へと向かった。路地木戸を抜けて井戸の傍《そば》に集まっていた女たちに訊《たず》ねると、たぶんあそこ、と長屋の一間を指した。会釈をして向かうとすぐに、ここだ、とわかった。表に名はないが間違いあるまい。なにしろ墨の匂いがする。

「ごめんくださいまし」

とんとんと戸を叩き、天は声をかけた。

「……誰？」

閉まったままの障子戸の向こうから、女の声がした。

「わたくし『浅倉堂』を任されております、主代理の天と申します。おみよさんにこちらを聞いて参りました」

「おみよに？」

立て付けの悪い戸がガタガタと開き、現れた女の姿に、天は思わず、ぎょっとした。頭が軒《のき》に少し隠れるほど大柄な女だった。だが、その手を見て、天はこの女が雪枝だと確信した。古い傷がたくさん残る細くて長い指。職人のものだ。

「糞兄貴《くそ》に何か言われてきたのかい？　余計な世話はいらないと言ってくれ」

「いえ、そうではなく――」

天は手短に事情を説明した。

雪枝は太く溜息をつくと、

「入っておくれ。ここじゃあ長屋の連中に恥を晒《さら》すことになる。あいつらの噂話《うわさ》ときたら、瓦版よりも早いんだから」

戸をくぐると、墨の匂いが一層濃くなった。

「あれ、お客さん？」

小さく狭い裏庭の縁側に座っていた女が気づいて、よいしょと立ち上がった。小柄だがでっぷりとしていて、つきたての丸餅《もち》を思わせた。

「……『浅倉堂』の天と申します」

立ったまま頭を下げると、

「あれまあ、ご丁寧に。君《きみ》です」

女は正座をし、きちんと手をついて頭を下げた。その指が黒く染まっていることに、天は気がついた。

「君は刷り師だ。わたしが彫って、君が刷る。二人きりの瓦版屋さ」

女たちは視線を交わして微笑《ほほえ》んだ。

そこに固い信頼を見て取り、天は今度も籤《くじ》を引き当てたと思った。どの道、刷り師も探さねばならなかったのだ。二人いっぺんに雇えれば、まさに一石二鳥。横の繋がりで、他にも人を増やせるかもしれぬ。

「これ、そこで買ったものですが」

と言って豆大福を差し出すと、これはご丁寧にどうも、と君が受け取り、お茶を淹れましょうね、と土間に立った。

それを待つ間に、天は雪枝と向かい合った。

もう一度、事の次第を聞いた雪枝は、

「初売りに間に合わなくなる頃合を見計らって辞めたな、あの糞兄貴」

そう断言した。

「すまなかったね。けど、そんな嫌な知恵が回るようになったとは……つくづく捻《ひね》くれちまったんだなあ。昔から女を見下すところはあったけれど、せいぜい厭味《いやみ》を言うくらいだったのに。悪いもんでも食ったのかな」

悪し様ではあるが、どこか情が滲《にじ》んでいる物言いに、天は笑みをつくることしかできなかった。肉親というものを知らない天には、わからない感情だった。

君が人数分の湯呑《ゆのみ》を持って戻り、どうぞ、と天の前にそれを置くと、

「で、肉親のしでかしたことの責をわたしに取れ――そういうことかい？」

と雪枝は言った。

天は、いえ、と首を振った。

「おみよさんに、瓦版を見せてもらいました。くっきりとしてにじみのない線。それを短い間に彫る腕。ぜひともそれを御貸しいただきたく、お願いに参りました。ぜひ、ぜひとも、よろしくお願いいたします」

天は床板に指をついて、深々と頭を下げた。

「……わたしたちの腕を見込んで？」

「はい」

「……兄貴の責を取れってわけではなく？」

「はい」

天は頭を下げ続けた。もはやお辞儀をするくらいの感覚でできるようになっていたが、だからといって気持ちがこもっていないわけではない。礼を尽くす。その形だ。

「頭を上げておくれな」

幾分やわらかくなった声で雪枝が言い、天は頭を上げた。

「兄貴の代わりをやれって話ならお断りだけど、わたしたちを見込んでくれたっていうことなら……腕を貸すよ。いいよね？　君」

うん、と君は頷《うなず》いた。

「ふふ。よかったね、雪ちゃん。念願の戯作作りだよ？　本当は『浅倉堂』さんの名前を聞いたとき、好機だ、って思ったでしょう？」

「そ、そんなことない」

「そうかなあ。眉毛がぴくぴく動いてた」

「ちょっ、やめてよ」

雪枝は君のふとましい二の腕を押すように小突いた。微笑ましいじゃれあいに、天の頬も思わず緩んだ。心を許しあった間柄の人々を見るのは胸が温かくなる。だが、話はまだ終わってはいない。天は気持ちを引き締めた。

「それと、いまひとつお願いが」

「うん？」

「他にどなたか、彫り師と刷り師に心当たりはございませんか？」

　雪枝と君は顔を見合わせた。

「わたしたちだけじゃ不満？」

「いえ。ですが、初売りまで間がありません。一巻はどうしても間に合わせたいのです」

　ＳＮＳなどない時代だ。初売りにいっせいに新刊を出すのは、その日に新しい本が出る、とすでに市井《しせい》に知られているからだ。そこを逃せば、出版されたことすら知られない。人口膾炙《かいしゃ》に期待するほど、甘い見積もりはしていない。

「何丁？」

　丁、とは袋とじにした紙を数える単位で、現代の本に照らすと表裏の二頁にあたる。

「二十丁ですが、錦絵を折り込み、表紙も錦にしようと思っています」

「大きさは？」

「中本です」

「部数は？」

「初版は、壱百《ひゃく》部ほどを考えています」

ふうん、と雪枝は呟いた。

「そりゃあまた博打《ばくち》に出たね。名のある戯作者なのかい？」

「いえ。わたしが居候《いそうろう》をさせてもらっている家の主で、普段は三味《しゃみ》を教えておりますが、此度《このたび》、初めての本を出すことになりました」

「女かね！　こりゃあ、驚いた……」

「挿絵の方は、葛飾北斎の娘の栄さんに頼めることになりましたが、『北斎』の名は使わず、栄さんの雅号である応為《おうい》と」

「なんとまあ……博打も博打、大博打だ」

雪枝は呆《あき》れたように笑った。

「けど、嫌いじゃないよ。あと、彫りも刷りも、わたしたちだけで大丈夫。二十丁で百部なら、ちょいと気を張れば間に合うさ」

天は目を瞠《みは》った。版木が二十枚以上、刷りも四百枚を超える。断ちや綴《と》じの手間を考えれば、凡そ、半月しかない。それを二人だけで？　否《いな》、と開きかけた口を、天は閉じた。やれると言うのだから信じよう。ただの大言壮語かもしれなかったが、いまはその言葉に縋《すが》るしかない。

「助かります」

天はもう一度、板に額《ひたい》を擦《こす》らんばかりに頭を下げたが、すぐに、よしておくれってば、と引き起こされた。

「元はと言えば、糞兄貴のせいなんだから。だけど、あんたがわたしたちの腕を買ってこの話を持ってきたっていうなら、見合った報酬《ほうしゅう》は貰《もら》う。まずはその話をしようか」

きっぱりと言った雪枝に、天は頷いた。当然のことだ。初売りにきちんと間に合ったなら、報酬を上乗せしても構わない。そのためにこちらが差し出せるものは、まだある。

あの、と天が加えた言葉に、二人は目を丸くすることになる。

「ここを引き払って、店に住み込みませんか？　わたしは通いなので、夜に誰かがいてくれるなら安心できます。ああ、もちろん家賃はいりません」

四

上野《うえの》の寛永寺《かんえいじ》、その門前をぐるりとまわった処に設けられた火除地《ひよけち》は上野山下《やました》と呼ばれ、平時には見世物小屋や講釈場、水茶屋や料理屋なども並び、その賑わいは、両国《りょうごく》に比肩するほどであった。

それは冬になったとて変わらぬ。春は桜、冬は雪見と、人が絶えることがない。それを目当てに居並ぶ茶屋の前に置かれた粗末な長床机《ながしょうぎ》のひとつに腰をかけ、楽しげに行き交う人々を眺めながら、遠野《とおの》伊織が熱い茶を啜っていると、大きな荷物を背負った男が隣に座り、

「大福と茶を」

そう店の女に頼み、やれやれと荷物を降ろした。男が背負っていたのは子供の背ほどもある箱を大風呂敷で包んだもので、表に『本』と染められていた。男は『浅倉堂』にも出入りをしている、貸本屋の一人である。

「で？」

温《ぬる》くなった湯呑で暖を取りながら、伊織は前を向いたまま、そう問うた。声はとても微かでほとんど聞き取れぬものであったが、隣の男は小さく頷くと、

「差構《さしかま》いを申し立てていた村木《むらき》屋の裏にいたのは、同心の山上弥一郎《やまがみやいちろう》でした」

と言った。

「吉原《よしわら》通いで作った借金の証文を押さえられてのことのようです」

「ふうん」

生返事をすると、伊織は湯呑と代金を床机に置いて立ち上がり、すたすたと黒門の方へと歩き出した。誰も二人が言葉を交わしたことに気づいてはいない。

貸本屋の言った《差構い》とは、異議申し立てのことである。新刊を出すには種本と呼ばれる見本を作り、それを行事に見せて許しを得なければならぬのだが、その際、他の問屋から似たような本が出ている、といった異議が出ることがある。当世風に言えば、それってパクリじゃないですか？　と疑われたということだ。そうすると審議には非常に手間がかかり、下手《へた》をすれば添章が出るまでに半年を要することもある。

それではとても正月に間に合わぬ。

伊織は行事と村木屋と膝を詰めて理を説き、差構いを取り下げさせたのだが、それでも十日も遅れが出てしまった。

村木屋の訴えは明らかに理不尽なものであった。どこを捜しても、おふゆの書いたような本はない。地本問屋がそれをわからぬはずはなく、これは何かある、と探らせていたのだが、その答えは、ある意味では拍子抜けであった。

山上弥一郎――あの男の仕業であるなら、これはただの嫌がらせであろう。それ以上の裏はあるまい。確か、あの男も戯作を書いていたはずだ。靡《なび》かぬ女が己よりも先に草紙を出すのが気に食わぬのであろう。しかもよりにもよって、遠野伊織が株を買った地本問屋

『浅倉堂』からなのだから、とんだ贔屓《ひいき》とでも思っているのかもしれぬ。

（……天さんには、すまぬことになってしまったな）

添章が出ぬといたく気を揉んでいた、と店の者から聞いていた。それを堪《こら》えてできることは今の内に、ときびきびと働いていたことも。

どうにも不思議な女だった。

浅草寺《せんそうじ》の門前で拾ったときは、ここまで長く関わることになろうとは思っていなかった。すぐに身許《みもと》は知れるものと考えていたが、依然、何処の誰ともわからぬ。無宿人それぞれのものはさして珍しくもないが、奇妙な形《なり》やあたりまえの作法を知らぬなど、どこか浮世を離れた様子に、まこと天狗《てんぐ》の娘であるかと思わぬでもなかった。

この世があるのだから、地獄《じごく》極楽常世《とこよ》もあろう。蟲《むし》は人々の体にいて天帝に注進に及ぶし、不意にいなくなった子がなにごともなく帰ることも、帰らぬままのこともある。

この江戸で、狐狸《こり》妖怪の類《たぐい》の話は珍しくもない。伊織は神仏に頼むことはしないが、ないとも思ってはいなかった。幼き頃にそうしたものを目にしたこともある。

世に理の通らぬ話はごまんとあり、江戸の人間はそれを好んだ。曲亭馬琴《きょくていばきん》が『兎園会《とえんかい》』などという奇談怪談を披露しあう会合を開いていたのは有名な話で、奇妙な形という点ではそこで語られた空穂船《うつぼぶね》の蛮女《ばんじょ》などは、天に通ずる何かを感じぬでもない。天が落ちてきたあの夜の顚末が馬琴の耳に入れば、小梅町《こうめちょう》に飛んで来るやもしれなかった。

(天さんは、喜びそうだが)

その様子を思い描いて、伊織は、ふふ、と笑った。

里では本を作っていたそうだが、どこぞの話なのだか。

天が何かを隠していることは伊織は先刻承知しており、とうに昔を思い出している――そもそも忘れてなどいないのではないか、と思ってはいたが、それが悪事でないことは様を見ていればわかるので、放っていた。

それに、隠しごとというのなら伊織にもある。

いやさ、誰にでもあろう。共に暮らしているおふゆが気にしていないのなら、あれこれと詮索《せんさく》するつもりはなかった。

いざとなればどうとでもできる。遠野伊織には、それくらいの《力》はあった。

ともあれ、山上の動向には少し目を光らせておかねばなるまい。大したことはできぬであろうが、あの手の小者は時にとんでもないことをしでかすことがある。

不意に刺すような寒風がうなじに忍び込んできて、伊織は首を竦《すく》めた。

くつくつとうまそうに煮える『きばや』の肉鍋が恋しい。その湯気の向こうで笑う天の顔を思い出し、伊織は知らず笑みをこぼした。

五

江戸は師走《しわす》となった。

新年が近づくと気が逸《はや》るのは、今も昔も——今も未来も？——変わらぬらしい。新暦では一月にあたることもあって、すでに何度か雪が降った。冬は草履《ぞうり》ではなく歯の高い吾妻《あづま》下駄を履《は》くのだが、これが中々に歩くのが難しい。とにかく寒いので厚着になり、その重さもあって、何度か足首を挫《くじ》きそうになった。

雪枝と君の二人も『浅倉堂』に屋移りをしてすぐに仕事に掛かり、雪枝は精力的に版木を彫った。一枚目は月が変わる前に出来上がり、すぐに君が刷った。その合間にも、店に並べる錦絵なども刷ってくれたが、君の腕は見事なもので、色のずれがまったくなかった。多色刷りの場合、同じ紙に違う版木で何度も色を乗せるのだが、その際、ずれぬように《見当》という印をつける。これが《見当をつける》という語源なのだが、君はこれを必要としなかった。

なので速い。

普通の職人の倍か、その倍の速さで刷っていく。墨一色の場合も同じで、紙の位置を直すことなく、ぐいぐいと刷る。それでいてにじみもなく仕上りが美しい。栄も刷り上がった頁を見て、当代一、と太鼓判を押した。

版木も二枚、三枚と仕上がり、頁が増えていくのを目の当《ま》たりにして、天は、これは本当に間に合いそうだ、と安堵《あんど》に胸を撫で下ろした。

断ちや綴じのための通いの女や小僧の手配をする中、雪の積もった通りには、

「笹ぁ、笹はいらんかねえ」

と、煤《すす》払いのための篠竹《しのだけ》を売り歩く行商人の声が聞こえるようになり、人々は正月道具を押入れから出したり、借りてきたりして支度に忙しかった。

年に一度しか使わぬ道具は、小道具屋で買ったり、損料屋で借りたりするのが並みであったが、おふゆの家には道具一式が揃っていた。旦那《だんな》が特別に拵《こしら》えさせたものらしく、売るのも忍びないので、場所は取るがとってあるとのことだった。

十三日には江戸中総出で煤払いを行って一年の厄《やく》を落とし、深川八幡《ふかがわはちまん》を皮切りに羽子板市が立って正月気分を盛りたてたが、『浅倉堂』では変わらず雪枝が版木を彫り続け、君も初夢のための宝船絵を今の内に刷るのに忙しく、市をひやかしに行く暇もなかった。

頁が増えていく中、減っていくのが紙である。

そろそろ在庫が心許なくなってきたので、天はいつも卸《おろ》してもらっている紙問屋『七見《しちけん》堂《どう》』へ使いを出して、追加の紙を届けてくれるよう言付けた。だが、戻ってきた小僧の口から出たのは、耳を疑う返答だった。

「え？　いまなんて？」

信じられず、天は聞き返した。小僧がふざけているのか、からかっているのかと思ったのだが、そのどちらでもなかった。

「だから、美濃紙《みのし》を渡せるのは、来年になるって」

それを聞いた途端、天は怒髪が天を突くの意味を知った。よほど怖い顔をしていたのか、小僧は棒を飲んだみたいに固まった。だが、天にそれを気遣う余裕はなかった。

どうしてこうも次々面倒が降りかかってくるのか。職人の次は紙？　それが済んだら今度はなに？　これが噂の歴史の修正力というやつで、江戸時代に悪役令嬢はまだ早いとでも言いたいの？

怒りが炎となって胃の腑《ふ》を焼いた。

（だったら、とっととわたしを現代に戻しなさいよ！）

腹の内で毒づいた天は、目の前の怯《おび》えきった小僧の顔に、我に返った。まるで鬼を見たかのように引き攣《つ》っている。天は無理やり笑みを作り、使いの駄賃を取り出して、小さな手に握らせてやった。

「……ご苦労様。またお願いね」

小僧は銭を見た途端、さっきまでのことは忘れて笑顔になり、他の用事をするべく、店の奥へと消えた。

「ちょいと『七見堂』へ行ってきます」

店番の通いの女に言い置いて、天は綿入りの半纏を羽織り、御高祖頭巾を巻いて、裏手から店を出た。刺すように寒いと思ったら、またちらほらと雪が落ちてきていた。雨よりはましだけれど、足の指が取れてしまいそうだった。

木戸を抜けて表通りに出ると、

「やあ、天さん」

と声をかけられた。

「遠野様！」

まさに、遠野伊織であった。洒落柿《しゃれがき》色の着流しに鮫小紋の袷羽織を着て、その肩に蛇《じゃ》ノ目《め》傘の柄をもたれかからせるように持っている。まるで歌舞伎役者が二枚目の看板から抜け出てきたかのようだった。足元は寒そうだが、首には黒い手拭《てぬぐ》いを巻いて風を防ぎ、腰の刀にも柄袋がかけてあった。

「お久しぶりです」

このところ伊織は、店にも、小梅町の家にも顔を出していなかったので、やわらかい微笑を見られて、天はほっとした。この時代、命はとてもあっけない。便りが無いのは良い便り、とはとても思えなかった。そんな諺《ことわざ》が生まれたのは、無理やりそう思い込もうとした結果なのではないだろうか。

「顔を出さなくて、すまなかったね。少々、気になることがあって調べている内に、つい足が遠くなった。どこぞへ出かけるところかい？」

「はい。本郷《ほんごう》の紙問屋『七見堂』へ」

「紙の注文なら、小僧に任せればよかろうに。雪の中、店主がわざわざ出向かなければならないほどの用向きかね？」

「今日になっていきなり、美濃紙を渡せるのは来年だと言い出したので、どういうことかを問い質《ただ》そうと思い、店を任せてきたところです」

「そうか……中々に念の入ったことだ」

伊織は太い溜息を吐き、息が白く曇《くも》った。意味がわからず、天が首を傾げると、

「わかった。そういうことなら、俺も同行しよう」

「いいんですか？　店に用があったんじゃあ――」

「構わないさ。ここへは、天さんの様子を見に来ただけだからね」

その言いように、天はどきりとした。まるで気にかけているかのごとき物言いではないか。もっとも天も大年増が見えている年齢だから、小娘のごとく動揺したりはしない。単に店を任せた女がしっかりやっているかどうかを見に来た、という意味だろう。

「雪も強くなってきた。駕篭で行こう」

「はい」

天は伊織と連れ立って、近くで辻《つじ》駕篭をつかまえて本郷へ向かった。駕篭は乗るたびに尻が痛くなる。揺れも激しく、降りるとふらふらするので、歩く方が好きだった。とはいえ今日のような日は、それらを我慢してでも乗る価値はあった。

『七見堂』は、加賀《かが》藩前田《まえだ》家上屋敷の、通りを挟んだ反対側に店を構えている。その門は、令和では東大の赤門として知られる大門で、天は通りかかるたびに奇妙な感慨を抱いた。未来にも残っていて目にしたことがあるからだろうかとも思ったが、浅草の雷門《かみなりもん》や重塔には何も感じないのは不思議なことだった。

店の前で駕篭を降りた天は、伊織が駕籠かきに、待っていてくれ、と銭を渡すのを見た。男たちはぺこぺこして近くの茶屋に甘酒などを求めに入っていき、天は伊織を待って『七見堂』に入った。

「これは『浅倉堂』の……」

目敏《めざと》く見つけた番頭の治平《じへい》がやってきて、目の前に座った。ちらりと伊織を見て、少し頬が引き攣るのを、天は見逃さなかった。

「こんな雪の中をわざわざどうなされました?」

どうもこうもあるか、と言いたくなったのを何とか堪えて、

「こちらに使いにやったうちの者から聞いたのですが、紙の納入が来年になるとか。いったいどういったわけですか?」

「ああ、そのことですか……」

治平はまた伊織を盗み見た。

「あの、ところでこちらのお武家様は、どういう」

何と説明しようか、と考えている内に、伊織が、

「私は遠野伊織という。天さんに任せているが、『浅倉堂』は私の店でね。おたくが急にうちに約束の期限に紙を卸してくれなくなったというから、確かめに来た」

「そ、そうでございましたか……」

治平は明らかにうろたえ、ちらちらと他の客を気にした。

「それについてはその……いろいろとこちらにも事情がございまして……」

もごもごと言う番頭に、伊織はぐいと顔を近づけた。

「その事情とやら、聞かせてもらおうか」

隣で聞いていて、ぞくり、と鳥肌がたつような声だった。治平は何も言えず、ただごくりと唾《つば》を飲み込んだ。この寒いのに、こめかみにじわりと汗が滲んでいる。

おい、と伊織は言った。

「主の与五郎《よごろう》はこの事、承知しているのだろうな」

「そ、それは……」

言いよどむ治平に、伊織はさらに顔を近づけると、たらりたらりと汗を垂らす番頭にしか聞こえぬ声で、

「……与五郎がこのところ体を悪くしていることは知っている。それをいいことに、おまえ、賭場《とば》に出入りしているだろう」

「げえ！」

踏まれた蛙《かえる》のような声を上げて、治平は後ずさった。周りの奉公人や手代が、怪訝《けげん》そうにこちらを見る。伊織は涼しい顔で番頭を見下ろし、

「話せ」

と短く言った。抜いていない刀でずばりと斬《き》りつけるような声だった。

治平は観念したのか、血の気を失った土気色の顔で、

「う、裏でお願いします……」

とだけ、言って立ち上がり、ふらふらと店の奥へ消えた。

「行こうか」

伊織に促《うなが》されて天は店を出、木戸を抜けて裏手に回った。そこには、雪の中ですっかりしおれたようになった治平が、二人を待っていた。伊織は余計なことを前置かず、

「賭場通いを与五郎に黙っていてもらう代わりに、うちに紙を卸すなと頼まれたな?」

と訊《き》いた。

「そ、その通りでございます……」

治平はがっくりとうなだれた。

「いったい、誰に……」

見当もつかず、天はぼそりと呟いた。このような陰湿な恨みを買う覚えはない。本を出させないように画策するなんてことは同業者の仕業に思えるが、新年に出す本の戯作者を取り合ったわけでもないし、どこぞの地本問屋の客を『浅倉堂』が奪ったようなこともない。

それは、と言いよどむ番頭に、

「蟷螂《かまきり》同心」

伊織の言葉に、治平ははっと顔を上げて、

「そ、そうでございます……」

観念して、雪に溶けてしまいそうな声で呟いた。

「誰です？」

首を捻る天に伊織は、

「八丁堀《はっちょうぼり》の同心さ。名は山上弥一郎。すまない、天さん。この件、やはり、俺とおふゆさん絡みだったようだ」

「山上――あっ！」

天は思い出した。以前、小梅町の家に押しかけてきて、おふゆと問答になった男だ。だが、だとしたらこれはやはり、自分のせいなのではなかろうか。家にやってきたのも、怪しげな女がいるという話を聞きつけてのこと。

そう言うと、伊織は首を振った。

「それも、俺とおふゆさんへの意趣返しのためだろう。天さんを連れ帰ったのが俺でなかったら、きっとあんたのことは捨て置いたはずだ。すまない」

謝られるようなことではなかった。あの日、伊織に出会っていなければ、いまこうして生きているかも怪しいのだから。その場合、現代に帰れていたかもしれないが、死に戻りなど、試したくもなかった。本当に死んでしまったら、洒落にもならない。

伊織は治平に向き直り、

「番頭。山上に何か賭場通いの証《あかし》をつかまれているのか?」

「へ、へい……借金の証文を……」

「仕方のないやつだ。それは俺が何とかしてやろう。その代わり、これまで通りうちに紙を卸してもらうぞ」

「そうしていただけるなら、そりゃあもう……」

治平は急にへこへこし始めて、手まで揉みだした。その様に、伊織は形のいい眉の片方を上げると、少し意地の悪い顔になって、ただし、と続けた。

「そのためには、おまえにはひと働きしてもらわねばならん」

治平の顔はたちまちこわばり、浮かんだ笑みも凍りついた。

六

その日の夕刻、佃島鉄砲洲《つくだじまてつぽうず》の船宿『大鮒《おおふな》』の二階の座敷の隣に設《しつら》えられた隠し部屋に、天は伊織と隠れて客が来るのを待っていた。

座敷からは一見して部屋があるとはわからないようにできているここは、主に男女の密会に使われるものだと伊織から聞いて、天は居心地が悪くなった。布団が敷かれているわけではないが、衝立《ついたて》には艶《なま》めかしい春画が描かれていて、気のせいなのだろうが、どこか湿っぽく、白粉《おしろい》の匂いが濃い気がした。

「……遠野様は、どうして気がつかれたのですか？」

この落ち着かない雰囲気を忘れようと、天は声を潜めて訊ねた。隠し戸の向こうでは、治平が山上弥一郎が来るのを待っている。金が用意できたので証文を渡してほしい、と使いを出したのだ。ここは伊織の馴染《なじ》みの船宿らしく、融通が利いた。つまりここで誰ぞと密会を、と考えてしまったが、当然、訊くことはできぬので、代わりに今度の一件のことを口にした。

「戯作の検めに、やたらと手間がかかったことがきっかけだ。もちろん俺も読んだが、咎《とが》められるものではなかった」

「読まれたのですか？」

「ん。中々に面白かった。おふゆさんにあのような才があろうとは、思わなかったな」

それを聞いて天は、自分が書いたわけでもないのに誇らしい気持ちになった。己が見出した作家が誉められるのは、編集冥利《みょうり》に尽きるというものだ。

「きっと人気作になると思います」

天の言葉に、伊織も頷いた。

「だというのに、添章が許されぬのはおかしい。さらに頃合を見計らったごとく、彫り師の貝助が職人を引き連れて辞めたと知った。これは何かあると思い調べると、山上弥一郎に行き着いた。まあ、隠すつもりもなかったようだが」

「それはどういう……」

「露見したところで、責を問われることはないとわかっているからだろう。貝助をそそのかして店を辞めるように仕向けようと、治平を脅《おど》して取り引きをやめさせようと、そのようなことに奉行所はいちいち構わぬ」

この時代、奉行所が取り上げるのは、盗みや殺人などの明らかな犯罪だ。喧嘩などの小競り合いや住民同士の揉めごとなどは、それぞれの町内で収めることが許されている。それで駄目なら、現代の民事裁判に近い《公事《くじ》》というものに訴え出て裁可を仰ぐこともできるが、相当に時間がかかるらしい。

現代ではどうだろう。この一件、脅迫《きょうはく》と威力業務妨害に問えるだろうか？　ここは江戸なのだから、そんな考察に意味はないが。

「貝助も山上弥一郎に賭場通いをつかまれていたが、治平と違って、脅されて店を辞めたわけではないらしい。むしろすすんで話に乗ったところがある。どうやらなにか、天さんに含むところがあったようだね」

天は微かに眉を顰《ひそ》めた。女の下で働けるか、という思いのことであろう。まことに不快ではあるが、結果的により腕の良い職人を雇う事ができたのだから、災い転じて、というやつだと思うことにしよう。

「あの……貝助さんや『七見堂』の番頭さんをいいように操る、その山上という人は、恐ろしい人なのですか？」

「小悪党さ。人を脅したりもするが、脅される方にも後ろ暗いところがあるから、どっちもどっちだろう。裕福な商家に金をせびったりもしているが、小遣い程度。人殺しもせぬし、雷が何より嫌いで、雷神様が太鼓《たいこ》を叩けば布団に潜り込んで震えてるって話さ」

伊織はそう言ったが、令和の基準で考えれば十分に悪い。

天は、胸元に隠してあるスマホに触れた。ここに来てから外に持ち出したのは、初めてのことだった。証拠として会話を録音するとか、こっそり写真を撮るとか、何かの役に立つかもしれないと思い持ってきた。お守り程度にしか役に立たぬかもしれぬが。

「――こちらです」

隠し戸の向こうのさらに向こうで、そう女の声がした。

襖の開く音がして、

「山上様、お待ちしておりました」

上ずった声で、先に部屋で待っていた治平が言うのが聞こえた。

「……待たせたな、治平」

いつぞやに聞いたのと同じ声が、戸の向こうからした。山上弥一郎に違いない。

「お呼び立ていたしまして……」

「お食事はすぐにご用意いたしましょうか？」

女中が訊ねると、

「いや、あとでよい。四半刻ほど、誰も来るな」

「はい、わかりました」

再び襖の開閉する音がして、女中が出て行ったのがわかった。

ややあって、山上が息を吐くのが聞こえた。

「ったく、寒いったらねえ……で？　首尾はどうだ？」

「お言いつけ通り『浅倉堂』に美濃紙を渡せるのは、来年になると申しました」

「そうかいそうかい」

山上は満足そうに笑った。

「職人どもが辞め、刷る紙もない。もうどうしたって本は出せぬであろうな。しかしそれで筆耕や『北斎』への支払いがなくなるわけでもない。戯作を作るために錦絵の点数も相当に絞っておろう。売る物がなければ早晩、店は立ち行かなくなるであろうよ」

愉快愉快、と山上は笑った。

確かに小悪党だ、と天は思った。蟷螂同心、どうも商売のことはよく知らぬらしい。そんな簡単に店が潰れるはずもなかった。確かに、本作りで一番金が掛かるのは紙だが、納品がなければ支払いもない。紙を納めるのは来年になるが支払いは今年の内に、と言われて、そうですかと払うと思っているのだろうか。

「それで、山上様……私の証文は……」

「ここにある。金は持ってきたろうな？」

「もちろんでございます」

衣擦《きぬず》れの音と、ちゃりちゃりという金属を擦《こす》り合わせたような音がした。治平が差し出した金を数えているのだろう。山上は借金の証文を買い取ってそれをネタに借りた人間を脅し、用が済めば証文を買い取らせて元手を回収する、ということを繰り返しているらしい。

「ほれ、証文だ」

「た、確かに……」

治平の、ほっとした声が聞こえた。

「ところで山上様……なにゆえそこまで『浅倉堂』を陥《おとしい》れようとなさるので？」

治平が問うと、山上は鼻を鳴らした。

「気に食わぬからよ。地本問屋なんぞどうでもよいが、金で句集を出そうという遠野伊織の了見が気に食わぬ。女の書いた戯作を出そうというのも気に食わぬ。素性の怪しげな天という女が男を顎《あご》で使ってやがるのも気に食わぬ。この俺の目の届く処にそんな店が在るのが、とにかく気に食わぬ。それだけのことよ」

何度、気に食わぬ、と言えば気が済むのか。していることは性根の曲がった餓鬼《がき》だ。

呆《あき》れるしかなかった。

なにやら、まともに相手にするのが馬鹿馬鹿《ばか》しくなってきた。だがそれゆえに、少し懲《こ》らしめてやりたいという気持ちが、むくりと起き上がった。

「……遠野様。踏み込むんですよね？」

「ああ。この事様では言い逃れできまい。金輪際、我らには関わるな、と念を押す」

「それじゃあ、わたしはここへ雷を落とすので、遠野様はそこの般若《はんにゃ》の面でもつけて、驚かしてやりませんか？」

「面は構わぬが……しかしどのようにして雷を？」

「それは――里の秘術で」

伊織は怪訝な顔で天を見た。それはそうだろう。何を戯言《ざれごと》を、と思われて当然だ。

「よくわからぬが、乗った」

伊織は、童子めいた笑みを浮かべた。この人のこういうところが好ましい、と天は思った。疑うことを知らぬわけではなかろうし、そうでなければ山上弥一郎の悪事を突き止められもすまいが、それでいてあっさりと信じてくれもする。

壁に掛かっていた般若面を手に取り、伊織は顔につけた。

隠し戸の前に立ってもらい、天はその後ろでスマホを取り出した。アプリには様々な効果音を出すものがある。パーティ用のジョークアプリだが、その中に雷鳴もあった。雪は止んだが雲は重く厚く、そろそろ日も暮れる刻限ゆえ、部屋には闇《やみ》が迫りつつある。あとは、災害救助を待つ際のフラッシュライトをつければ、それらしく思えるだろう。

「支度、整いました」

目の前の大きく拾い背中に囁くと、伊織はこくりと頷いた。

「愉快愉快！」

山上が呵呵大笑《かかたいしょう》したその瞬間、天は伊織の背中を、ぽん、と叩いた。同時にフラッシュライトを焚《た》き、雷鳴を最大ボリュームで轟《とどろ》かせる。間髪容《かんはつい》れずに隠し戸ががらりと開き、突如、般若面の男が現れたらどうなるか。

「ぎゃあ！」

山上弥一郎は仰天し、そんな魂消《たまげ》た悲鳴を上げた。天たちが隠れていると知っていたはずの治平ですら、ひい、と悲鳴を上げて飛び退《の》いた。

「痴《し》れ者め！」

斬りつけるがごとき大音声《だいおんじょう》が、雷鳴を圧して響き渡った。

「このような小細工、明らかにならぬと――」

伊織の声は尻切れて、消えた。いった何が、と天は急いでライトを消してスマホを着物に隠し、伊織の脇から部屋をのぞき見て、あっ、と声を上げてしまった。

山上弥一郎は尻もちをついた恰好《かっこう》で腰を抜かし、着物の裾《すそ》がはだけて丸出しになった褌《ふんどし》に薄黄色い染みが広がって、臭気が辺りに漂った。

小便を洩らしたのだ。

溜息をつき、伊織は般若の面を外した。誰に醜態《しゅうたい》を見られたのかを解し、山上の顔から血の気が引いて蠟《ろう》のごとく白く変じた。

「二度と我らに関わるな……行け」

伊織の言葉に、山上弥一郎は脇に置いていた刀を引っつかむと、捨て台詞《ぜりふ》も残さず、ほうほうの態《てい》で部屋を飛び出していった。

入れ違いにすっ飛んできた女中が、

「な、なんですか今の音は！　いったいなんの騒ぎ――臭っ！　何ですこれ？　誰がここで小便なんか！」

やれやれ、と伊織は綺麗に結い上げた頭を搔き、天も、これはさすがにやりすぎたかもしれない、と少しだけ悔いた。

ただ一人、治平だけが、ぼそりと、

「……ざまあみやがれ」

と吐き捨てたのが、いやに耳に残った。

七

「そりゃあ、ひどい話だわ」

翌日、店に美濃紙がしっかりと届けられたので、雪枝たちから何があったかを訊ねられ、天が事の顚末を話して聞かせると、雪枝は呆れ返ってそう言った。

「兄貴が辞めた件にも関わってたとは……とんだ同心だね、そいつは」

「あたし、聞いたことある」

君の言葉に、そうなの？　と雪枝は驚いた様子を見せた。

「うん。贔屓の小間物屋が、そいつに金をせびられてたから。大した額じゃないから仕方なく渡していたけど、腹が立ってしょうがないって言ってた」

「ふうん」

雪枝は何かを考え込み、それで山上の話は仕舞いになった。昼過ぎには栄が、試し刷りの改めに来てその出来を褒めたりということがあって、それきり忘れていた。

なのでまたその翌日、少し遅めに店に出た天は、唐突に見せられたものに驚いた。

「どう？　良い出来でしょう」

満足気に笑った雪枝に渡されたのは、一枚の瓦版。

そこには、着流しに巻羽織を着た蟷螂が、雷神様の落とした稲妻に驚いて腰を抜かし、小便を派手に洩らす姿が描かれていた。絵の周りには、蟷螂同心の悪行がつぶさに書き連ねられ、それを見かねた天神が雷神を使わして懲らしめた、とあった。

絵が見事だった。実に滑稽《こっけい》に描かれている。思わず笑いそうになるくらいに。

この蟷螂が誰なのかは明記されていないが、同心の着る巻羽織と蟷螂の組み合わせが指す人物は一人しかない。わかる人にはわかるだろう。

「ええと……この絵は、誰が描いたんですか？」

「あたし」

答えたのは君。してやったりという表情は、こちらも満足気であった。雪枝は誇らしそうに君の肩を抱き、

「わたしが文を考え、君が版下絵を描く。それをわたしが彫り、君が刷る。うちの瓦版はそうやって二人で作ってきたの。瓦版は鮮度が命だから、このくらいは朝飯前。数も百枚

程度だったから、徹夜はしたけどすぐだったよ」

天は、ぎょっとした。

「百枚って……これを売るの？」

「まさか」

雪枝の答えに胸を撫で下ろしたのも束の間。

「娯楽の与太話《よたばなし》ならともかく、悪い奴を懲らしめるのにお足は貰わない。人の多い場所にこっそり置いてきた」

雪枝と君は顔を見合わせ、してやった、とばかりに笑みを交わした。

ぐらり、と天の世界が揺れた。

山上弥一郎は悪い奴だし、ここに書かれていることも事実だ。しかしこれは――してはいけないような気がした。二人はあの場にいなかったからかもしれぬ。天は、憐れに思ってしまった。伊織もだろう。それとも要らぬ情なのだろうか。

瓦版にはニュースメディアの役割がある。公《おおやけ》なものではないが、それは幕府が検閲《けんえつ》を行っているからで、瓦版こそが事実を伝えているともいえる。

山上弥一郎のこれも事実だ。あの男は同心という役目を隠れ蓑《みの》に悪事を働いていた。それは明らかにされるべきであろう。だが、雷に驚いて失禁をした、ということまでも報せなければならないのだろうか。

　やはり違う、と思えた。

　罪を犯した者は何処までも叩いても構わない、というのは現代のＳＮＳの在り様を思い出させる。死刑を見世物として消費するこの時代においては、この程度のこと、児戯《じぎ》なのかもしれなかったが、それに慣れたくはなかった。

（元はと言えば、わたしが喋《しゃべ》ったのが悪い）

　天は、何処に置いたのかを訊いた。雪枝は、別段、隠すこともなく、その場所を教えてくれたが、きっともうないよ、とも忠告してくれた。

　それでも、確かめずにはいられなかった。

　天は店を出て、教えられた三箇所全てを回ったが、回収できたのは僅かに十枚ほどだった。他はとっくに誰かに持ち去られたあとだった。

（どうしよう）

　放った言葉は、決して元には戻せない。声でも、文字でも、それは同じ。あの男がしたことを許すつもりはないが、恥を拡散してしまったことは謝罪するべきだろうか。

　伊織に相談したかった。だが、居所を知らぬ。知っていたとしても、町人が武家を軽々しく訪ねてよいわけがない。結局、自分にできるのは、伊織がふらりと訪ねてくれるのを待つことだけだった。

（ああもう。この件はもうこれまで！）

どうしようもないことを、うじうじと悩んでいても益はない。初売りまで、時がないのだ。これ以上の面倒は起きないと信じたいが、そも山上と何か約束をしたわけでも、念書をとったわけでもない。

（そのときは、そのとき！）

いきなり江戸時代に放り込まれたことに比べれば、全てが大したことではない。天は瓦版を畳んで懐《ふところ》にねじ込み、いま自分にできる仕事を進めるべく『浅倉堂』へ戻っていった。

第七話
恋情本『転生御七振袖纏』

一

昼も夜もなく『浅倉堂《あさくらどう》』では本を作り続け、天《そら》も泊まり込んで小梅町《こうめちょう》の家に帰らぬことが多くなった。手の空いている者は誰であれ、なにかしら手伝い、それは、彫りを終えた雪枝《ゆきえ》も、主《あるじ》代理の天もであり、断《た》ったり綴《と》じたりを繰り返した。

「誰か、紙持ってきて、紙！」

「こっち折り終えたよう！　次はどこ？」

「ちょっと、そこ踏まないで！　え？　これ順番が違うじゃない！　丁合いを間違えたらやり直しだよ⁉」

「ああもう、糸が通らないったら！」

などと、小僧以外は女ばかりでかしましく働きつつも、丁寧に仕上げていった。

永遠に終わらぬように思えても、手を動かしてさえいれば、進むことができる。一冊、また一冊と、綴じられた本が積みあがっていき、そうしてとうとう、最後の一冊が完成したのは、二十五日の朝のことであった。

　現代ではクリスマスだが、この時代、キリストの生誕日であるこの日を祝う者は、江戸にはいない。キリスト教が禁じられて久しいので、そんな日があることすら知らぬのだ。江戸でこの時期の行事といえば餅《もち》つきである。縁起物なので買うことはせず、自分たちで搗《つ》くか、人を呼んで搗いてもらうのが一般的。『浅倉堂』でも、本の完成如何《いかん》にかかわらず、明日は、近所で金を出し合って餅つきをしてもらう手筈《てはず》になっていた。

　だが、間に合った。これで心置きなく餅つきを楽しめる。

　天は、完成した本の山から一冊を手に取り、しみじみと眺めた。綴じている間は、とにかく必死であったので、ゆっくり確かめる暇がなかった。

　表紙には、

『転生御七振袖纏《てんせいおしちふりそでまとい》　巻ノ壱』

　と、ある。

　大きさは中本で、四十頁《ページ》。表紙は多色刷りで、お七の愛らしい姿絵が描かれている。それを捲《めく》ると、折り込みの錦絵だ。この錦絵が作業を遅くしていた。一枚だけ他と仕様が違うと、やはり手間が増えるのだ。しかし、その甲斐《かい》はあった。この巻にはない場面だが、栄の描く半鐘《はんしょう》を打ち鳴らすお七の姿は、とても凛々《りり》しく美しい。流行《はや》る予感しかない。文章にも絵にも、まったくにじみがないのは、君《きみ》の腕だ。雪枝ともども、決して手放したくない人材だった。歳《とし》も近いので、気兼ねなく話せるというのも大きい。

「皆さん、お疲れさまでした」

自身も目の下に隈《くま》を作りながら、天は深々と頭を下げた。女たちは皆、心地の良い疲れの中にいて、これだけの仕事をこなしたあとなのに、一様に笑顔であった。

「無茶な日取りであったのに、無事に本が出来上がりましたのは、ひとえに皆さんのおかげです。ありがとうございました。よろしければどうぞ、一部、お持ち帰りください。それと心ばかりですが、お足に色をつけておきましたので、年末の払いの足しにでもしてください」

三方に乗せたぽち袋に詰めた給金を床の上に置くと、女たちはそれぞれ押し抱くようにして受け取った。

女たちが帰ってしまうと、天も本を五部ほど風呂敷に包み、

「それじゃあ、あとはお願いします」

と、雪枝たちに言い置いて、店を出た。

天は辻駕篭《つじかご》をつかまえて、四谷《よつや》の薬種問屋『笹森屋《ささもりや》』、深川《ふかがわ》のももんじ屋『きばや』、御《お》竹蔵《たけぐら》の北斎《ほくさい》の工房と回って、出来上がった本を渡すつもりであった。さすがに歩いて回っ

ていたら陽《ひ》が暮れてしまう。

このところ晴天が続いていたので、道は乾いて駕籠も速かった。

先代の『浅倉堂』の娘で、いまは薬種問屋『笹森屋』の女房のおみよはとても喜んでくれたが、『きばや』のかやの反応は少し芳《かんば》しくなかった。なぜ自分がお客から本を貰《もら》うのかわからないといった様子で、天は、わたしの江戸での最初の仕事の成果なので、と言うと、じゃあ、と受けとってくれた。

もちろん、意図はそれだけではない。読んでもらって面白ければ誰かに話したくなるというもの。二人にもそれを期待していないとは言わない。

一方、栄《えい》に対してはそういう気持ちはなかった。綴じる前に確認してもらっているが、きちんと本の形になったものをまだ見てはいないので持ってきたのだ。

御竹蔵の大通りで駕籠には待っていてもらい、天は『北斎』の工房に向かった。木戸を抜けると漂ってくる墨《すみ》の匂いもすっかり馴染《なじ》みだ。開け放したままの戸口から奥に向かって、

「栄さん、います?」

と呼ぶと奥の方で、

「姐《ねえ》さん、お客だよ!」

弟子の声がして、どすどすと床を踏み鳴らしながら、相変わらずの、裾を捲《まく》り上げ褌《ふんどし》が覗《のぞ》いている恰好《かっこう》で、栄は現れた。

「おう、天」

にやりと笑った頬《ほお》に、新しい墨がついている。

「風邪、引きますよ」

「引かねえよ。毎日、生姜湯《しょうがゆ》を飲んでっからな」

それにどのくらい効果があるのかわからないが、この時代の病の予防、治療は、漢方か迷信めいた民間療法しかない。それを否定するつもりは天にはないが、妄信は毒だ。

「暖かくしておいて損はないでしょう？　見ているこっちが風邪を引いてしまいそうだから、何か羽織ってくださいな」

「わかったわかった……かかあみてえな奴だな。それで？　今日はどうしたい」

「草紙が出来上がったんで、お持ちしました」

天は風呂敷をほどいて、できたばかりの本を取り出し、栄に差し出した。

「できたか！」

栄は嬉々《きき》として受け取り、少々乱暴に開いた。筆を握ればとても繊細なのに、それ以外はどうにも雑なのが、栄だった。やはり最初に見たのは折り込み錦絵だった。Z折りになったそれを引き出して、ほうほう、としきりに感心しながら眺めた。

「うん、いい出来だ。色の乗りもいいし、ずれもねえ。あの女たち、まったくてえした腕だ。親父がこいつを見たら、今後、うちの絵はぜんぶあんたの処に頼むって言い出すぜ？巻ノ弐も楽しみだ」

「それには、栄さんが絵を仕上げてくれないと」

「ちげえねえ」

栄は豪快に笑った。

「そういやあ、おゑんの旦那《だんな》が天が指南してくれた化粧をずいぶんと気に入って、せがんでは尻を蹴《け》飛ばされてるらしい」

「糸目が好きだったんじゃないんですか？」

「男なんてやつは、んなもんよ」

離縁をした栄の言葉には含みを感じたが、それが何であるのかは、いまの天には皆目わからなかった。

「姐さん、ちょっと来てくだせえ」

奥で弟子が栄をそう呼ぶので、天は、明日は店の方で餅を搗きますんでよかったら来てください、と言って、工房を辞した。年の瀬も押し迫ったというのに、相も変わらずここは忙しい。北斎御大がおらずとも依頼は引きも切らぬのだろう。そんな栄に挿絵を引き受けてもらえたのは、真《まこと》に僥倖《ぎょうこう》だった。

待たせてあった駕籠に乗り、天は小梅町の自宅に向かった。

あとは、おふゆに渡すだけだ。

今日辺りに出来上がることは教えてあったので、首を長くして待っていよう。朝餉《あさげ》の際もそわそわとしてあまり箸《はし》が進んでいなかった。

栄のところへ行く前に一度駕籠を降り、日本橋《にほんばし》の料亭で仕出し弁当を二つ、家に届けてくれるように頼んでおいたが、もう着いているだろうか。

家の傍《そば》の辻で駕籠を降りると、切るように冷たい風に身が竦《すく》んだ。陽《ひ》はすでに暮れかかり、提灯《ちょうちん》がなくともまだ何とか歩けるが、じきにそれも無理になろう。このところは雪が降らないでいてくれるので助かる。高下駄にもずいぶんと慣れたが、それでも草履《ぞうり》よりは難儀で、どこに行くにも時がかかってしまうので、それも考えて出かけなければならない。

家にはすでに、ぼんやりと灯《あか》りが点《とも》っていて、おふゆが在《あ》ることを示していた。火をそのままにして出かけることは、この時代、まずありえない。

「ただいまあ」

がらりと戸を開けて中に入ると、どこかおぼつかぬ足取りで、おふゆが奥から出てきた。

そんなに待ちわびていたのか、と緩みそうになった唇が、その顔を見た途端に凍った。おふゆの頬が赤くなっている。片側だけなのだから、寒さのせいではない。

あれは、叩かれたのだ。

どくん、と心臓が跳ねた。産毛《うぶげ》が逆立つのがわかり、鋭敏になった感覚があることに気づかせた――誰かが、家の中にいる。

おふゆは平静を装いながら顎《あご》で、逃げろ、と示した。

やはりそうだ。誰かがいる。

外に駆け出して、先の駕篭かきに助けを求めるべきだろうか。近所の人々はあてにできぬ。この辺りは裕福な商人の別宅がほとんどだ。留守か、女しかいない。それとも、水戸《みと》屋敷に助けを求める？　だが、相手が思っている通りの奴なら、きっとその前に二人とも殺される。

天は、壁に立てかけてあった芯張り棒を握った。

おふゆの目が大きく瞠《みは》られた。駄目といっている。だが、逃げるつもりはなかった。恩人を見捨てていけようか。それに、不思議と恐怖は感じなかった。これも、ここに来たとき、心を守るために感情の一部が死んでしまった、そのおかげだろうか。それとも、どうせ夢、と割り切っているのか。

どちらでもよい。いまは立ち向かえる蛮勇《ばんゆう》の方がありがたい。

「出て来い！」

天が怒鳴ると、汚い舌打ちが聞こえて、奥から男が現れた。

（やっぱり、山上弥一郎《やまがみやいちろう》……）

で、あった。

山上は、酔っているのか顔が赤く、目はどろりと濁《にご》って、抜き身の刀を下げていた。何《ど》処《こ》にも血はついていないから、おふゆは怪我をしていまい。何よりそれにほっとした。

「勘のいい女だ」

ひくっと山上の細い喉《のど》が動いた。船宿で会ったときよりも、やつれて見える。月代《さかやき》も髭《ひげ》もみすぼらしく伸びて、離れていても垢《あか》じみた臭いがする。

「じっくりわからせてから殺してやろうと思ったが……てめえは、何で怖がらねえ。それじゃあ、小便を洩《も》らせられねえじゃねえか」

ああやはり、と天は思った。これは意趣返しだ。侍《さむらい》は体面のために己で腹を掻《か》っ捌《さば》くとのできる連中である。町人に、しかも女に、あのような醜態《しゅうたい》を見られて、そのままにしておくはずもなかった。どこかでそれを案じていた。忙しさにかまけ、あえて考えぬようにしていたのだが、やはりそれで済むわけはなかった。

「あくそ……もうよいわ。そっ首、斬《き》り落として土間に並べておいてやる。遠野《とおの》がそれを見つけて驚く様を笑ってくれよう」

ゆらり、と山上は刀を大上段に構えた。

へたへたとおふゆはその場にしゃがみこんでしまった。幸いにして、山上はそれを捨置いて、真っ直ぐに天を見据えている。

一応、芯張り棒を構えたものの、こんな棒切れで防げるはずもなかった。日本刀は、遣い手によっては人体を真っ二つにできるのだ。

此処《ここ》に至っても諦観《ていかん》しかない己に、本当に壊れているのだな、と天は笑いたくなった。取り乱さずにいられるのは良いが、斬られるときまで冷静でいたくはなかった。それは人としておかしい。けれど、おふゆの書いた物を面白いと思う気持ちは残っていたのだから、壊れているのは取り乱したりする心だけなのかもしれない。

とはいえ、むざむざ斬られるつもりはない。無駄でも抗《あらが》ってみせる。

ず、と山上が足を踏み出した刹那《せつな》、天は履《は》いていた下駄を蹴るように放り脱いだ。もちろん狙ったところへ真っ直ぐに飛ぶはずもなく、下駄は壁に当たって跳ね返った。

運の良いことに、下駄は山上の顔の近くに飛んでいき、

「ぬ！」

男は、それを刀で打ち払わねばならなかった。

ほぼ同時に、開け放したままであった玄関から突風が吹き込み、天が首に巻いた手拭《てぬぐ》いをばたばたとはためかせた。

それは、風ではなかった。

ぎぃん、と金属同士が嚙《か》み合う音がして、山上の刃を己が刀で受け止めたのは、

「遠野様!」

で、あった。

「おのれ、遠野!」

憤怒《ふんぬ》に鬼のごとき形相となった山上と体位置をくるりと入れ替え、伊織《いおり》は思い切り押した。山上は後ろ向きにたたらを踏み、上がり框《かまち》を踏み外して土間に落ち、そこへあっという間に肉薄した伊織に、そのまま外へと押し出される格好になった。

何号か打ち合い、闇《やみ》の中で火花が散った。

「うわ!」

「ひ、人斬り……」

折り悪く通りかかった町人のそんな声が聞こえ、天はよろけながら外へ出た。僅《わず》かな間にすでに陽は落ちて、あたりはどろりと暗く、山上も、伊織の姿も、どこにも見えなかっ

た。

天は家の中に戻ると、握ったままであった芯張り棒を放り、廊下でへたり込んでいるおふゆに駆け寄った。気を失っていたが、叩かれたと思《おぼ》しき頬の赤味以外、怪我はなさそうだった。

「──すまない」

その声にはっとして振り返ると、玄関に伊織が立っていた。

「遠野様、ご無事で！」

天は駆け寄り、だが伊織の顔を見て足が止まった。一見穏やかなそこに、何の感情も見て取ることができなかった。

「何か仕掛けてくるかもと思い、天さんを見張っていたんだが、よもやこの家に押し入るとは思わなかった」

「わたしを……？」

伊織は頷いた。

「あのようなところを見られてしまったら、それを雪《すす》がずにはおられぬのが侍というやつさ」

天は、ぎゅっと眉根を寄せた。

「すみません……わたしのせいです」

胸が苦しい。

「瓦版《かわらばん》のことを言っているのか？　あれは関係ない。駄目は押したが、どのみち同じことをしただろう。元を糺《ただ》せば、あの男自身が悪いのだ。天さんを恨むのは、それこそ天に唾《つば》を吐くがごときものさ」

天は、何も言えなかった。伊織の言う通りなのかもしれなかったが、あのとき、懲《こ》らしめてやろうなどと思わなければ、こんなことにはなっていなかったかもしれない。

「安心していい。もう大丈夫だ」

それが何を意味するのか、天はとても訊《き》けなかった。

能面のごとき薄い笑みを浮かべる遠野伊織の体からは、うっすらと血の臭いがする——。

二

年が明け、文政《ぶんせい》十二年（一八二九）となった。

天とおふゆは早起きをして、ちょいと開けた所まで行って初日の出を拝み、家に戻って雑煮を食べ、屠蘇《とそ》を飲み、炬燵《こたつ》に入ってのんびりと過ごした。

おふゆは、山上弥一郎の襲撃の翌日には、もう立ち直っていた。そう振る舞っていただけなのかもしれなかったが、嘘《うそ》もやがては真になる。忙しく正月支度をする内に、忘れてしまえたようであった。

せっかくの仕出し弁当はその夜は食べることはできず、翌日に回ってしまったが、それでも十分に美味《おい》しかった。それに、出来上がった本を受け取ったおふゆは、とても喜んだ。自分で書いたのだから筋は知っていように、それでも先が気になって仕方がない、と言っていた。

伊織は、あの日を最後に顔を見ていなかった。元気でいるだろうか、とずっと気を揉んでいるが、こちらからはどうすることもできない。

天はひたすらに、自分のすべきことに心を砕いて過ごした。

初売りは、明日。

元旦の江戸の町はとても静かだった。騒がしいのは江戸城ばかりで、店は軒《のき》並み閉まり、通りに行商人の姿もなく、外にいるのは凧《たこ》や独楽《こま》で遊ぶ子供くらいのもの。

支度は大晦日《おおみそか》の内に済ませてあったので、店に行く必要はなかった。棒手振《ぼてふ》りも来ないから夕餉はささやかなおせちを食べて、少しだけ熱燗《あつかん》も飲んで、新年を祝った。

夜が明け、二日になると町は途端に動き出す。

「いってきます」

天も、いつもよりも早く家を出て、店に向かった。通りには、目出度《めでた》い様子に飾り立てられた初荷を積んだ大八車が常よりも多く行き交い、油断すると足を引かれそうになる。

『浅倉堂』の表戸はまだ閉まっていたが、裏に回ると雪枝たちはすでに店を開ける支度に掛かっており、手伝いの女もやってきていた。

「おや、天さん。あけましておめでとうございます」

雪枝が気づいて挨拶《あいさつ》をよこし、天も、あけましておめでとうございます、と返した。それから僅かではあるが《お年玉》を渡してやる気を上げた。

店頭にずらりと並んだ試し本は、真新しいからかとても鮮やかで、ぴかぴか輝いて見えた。表に掛ける看板には、筆耕に頼んだ甲斐《かい》のある字で『新作《転生御七振袖纏》巻ノ壱　女戯作者《げさくしゃ》　三玄冬梅《さんげんとうばい》　作』と書かれている。

三玄冬梅は、おふゆの筆名だ。三玄は三弦のもじりで三味線《しゃみせん》のこと。冬はおふゆ。梅は居所の小梅町から取ったもの。これを決めるのに、おふゆはまる三日、悩んだものだ。

店の表戸を外して開店する、待ちかねていたように贔屓《ひいき》の貸本屋がやってきて、興味深そうにおふゆの本を手にした。『浅倉堂』は大問屋ではないので、常から客が多い方ではない。それでも初売りとなれば、草紙の新刊や錦絵の新作があるか確かめに来る、ふりの客もいて、いつもよりはずっと賑わった。

初日は貸本屋が五人ほど一冊ずつ仕入れた他に、商家の娘が親にねだってくれて、六冊が売れた。滑り出しとしてはまずまず、と思ったが、二日もすると初日に仕入れていった貸本屋が揃《そろ》って追加で数冊買いつけに現れ、他の貸本屋もやってきてあれよと数がはけただけでなく、巻ノ弐はいつになるのか、とせっつかれた。

此処《ここ》に至ってようやく、天は手応《てごた》えを得た。

畳み掛けるならいま、と雪枝に頼んで、

『いまお江戸で一番と評判の戯作は『浅倉堂』の《転生御七振袖纏》！　新進気鋭の女戯作者、三玄冬梅の渾身の作！』

といった瓦版を作ってもらい、これをばら撒いた。

見ようによっては、ステルスマーケティングとも取れるが、実際、評判になっているのだから嘘《うそ》ではない。その甲斐もあってか、おふゆの本はさらに売れた。貸本屋ばかりか一度読んだ借り手が、手元に置いておきたいと買いにくることも増えた。

読者は、お七に生まれ変わったおえんが己の意志を貫いて恋も夢も手に入れる姿に憧れている様子だった。それはそうした生き方が難しいことの裏返しだ。栄やかや、雪枝たちのように己を貫くのは簡単ではない。

女たちの間でおふゆの戯作の評判はどんどん上がり――月を跨《また》がずに、用意した百冊は完売の運びとなった。

天は、店の皆とおふゆ、栄と共に、料亭でちょっとした祝いの席を設けた。巻ノ壱の刷り増しと、巻ノ弐のための鋭気を養う意味もあった。居合わせた男の客には嫌な顔をされたし、あからさまな厭味《いやみ》も聞こえたが、知ったことではなかった。

皆、大いに飲み、大いに食べた。

だがそこに、遠野伊織の姿はなかった。相変わらず、店にも家にも顔を出してはいない。おふゆも気にかけていたが、互いに、あえてその名を口に出すことはしなくなっていた。

どこで何をしているのやら――その日も天は、ふとした拍子に伊織のことを考え、思い立って『きばや』に行ってみることにした。

年が明けてからは無沙汰《ぶさた》をしていたので、遅い新年の挨拶も兼ねて、久しぶりに肉を食べたくなったのだ。

「あれまあ、ひさしぶりだねえ」

かやは、相変わらずの気さくさで、天を出迎えてくれた。まだまだ寒さが厳しいからか、店は繁盛をしていて、給仕の女が増えていた。

「二階のいつもの座敷が空いてるから、どうぞう」

「今日は一人だから、一階でいいですよ」

「別にいいよう。――お道《みち》ちゃん、案内よろしくねえ！」

それ以上は有無を言わさず、天は二階に上がらされてしまった。客が多いといっても、一階で足りるほどであったので、二階は静かなものだった。

しばらくすると、かやがやってきて、

「今日は軍鶏《しやも》のいいのが入ったから、葱《ねぎ》たっぷりの醤油《しょうゆ》仕立ての鍋と、あとは甘だれと塩の焼きにするかねえ」

「お願いします」

考えただけで唾が出てくる。

「あとはごはんと……あ。お酒も貰えますか？　燗《かん》で」

「はいよう」

ほどなくして、燗酒が運ばれてきた。料理が来るまで、天は一人、しんとした座敷で掘り炬燵に足を突っ込んで、酒を嘗《な》めた。格子《こうし》窓から覗《のぞ》く鉛空《なまりぞら》は重く、いまにも雪が降りだしそうであった。

やがて土鍋が運ばれてきて、七輪と共に炬燵の上に置かれた。一人なので気兼ねなく直《じか》箸でいただく。くたくたに煮えた葱と弾むような歯ごたえの軍鶏肉がぴたりと合う。

うまい――うまいが、ひとりだとひたすら肉をつつくしかないから、箸が進みすぎる。あっという間に平らげてしまいそうで勿体《もったい》無く、天は箸を休ませた。

何処か遠くで、鶴が鳴いた。江戸には鶴がいるのだ。

ああ、ひとりだ。

いつも賑やかな人たちに囲まれて忘れがちだが、こうしたときにふと思い出す。自分は異邦人なのだと。此処で生きるのもずいぶんと慣れたが、薄紙一枚ほどの隔たりを感じている。それともこれは心の一部が死んだままだからなのだろうか。

不意に、とても伊織が恋しくなった。

いまこのとき、向かいにいて共に鍋をつついてくれていたら、と思ってしまったら、目頭が熱くなって視界が滲《にじ》んだ。

天は、鼻を啜《すす》った。

あの人はいま、どこでなにをしているのだろう。

本当に何も知らない。

遠野伊織という名前すら、本当かどうかわからない。住まいも知らない。

ああでも、句集を出したいと言いながら、俳句が下手《へた》なことは知っている。肉を食べるときに、すごく大きな口を開けることも知っている。

そして……きっと人を斬ることに躊躇《ためら》いがないことも。

あの夜に感じた血の臭い。伊織のものであったのかはわからない。だが、体臭と混じりあったそれが、天は忘れられなかった。

生きている、と感じた。

夢か現《うつつ》かも定かではないこの暮らしの中で、とても強くそれを感じた。

その実感だけでいまは満足しよう、と天は思った。

再び箸を取り、肉をずうっとさらって伊織のように一口で食らい、酒を呑《の》んだ。

燗酒が、温かく喉《のど》を焼きながら腹へと落ちていく。

いったい、いつまでこの夢が続くのかはわからない。そも、夢であるのかどうかも。まともに考えれば、病院で意識が戻らずに夢を見ているのだろうが、夏は暑いし、冬は寒い。こうして時々、肉だって食べたくなる。

とりあえず、生きていける算段はついた。とにかく精一杯生きていこう、と思いながら、天は酒を飲み、肉を食べた。

そうして、気がつけば考えていた――来年の本は何にしようかな、と。

三

同じ頃、江戸城の奥のとある間に、遠野伊織を名乗る侍の姿があった。天の知る着流し姿ではなく、きちんと半裃《はんかみしも》をつけ、髷《まげ》も細く結い、深々と平伏していた。

相手は、去年の秋に老中――現代の会社に照らすならば取締役――となった、水野忠邦《みずのただくに》である。伊織とさして変わらぬ齢《とし》でその地位にまで昇った奇才だが、そのためには手段を選ばなかった男でもある。

「水野様……西の丸御老中就任、まことにおめでとうございます」

伊織の言葉に、水野は眉間《みけん》に皺《しわ》を寄せた。

「世辞はよいわ。頭を上げよ」

朗、とした声に、伊織は従った。顔は何処までも静かで、能面のようであった。

「首尾はどうだ。上手《うま》く問屋仲間には入り込んだようだが、目星はついたか」

「いえ――その書冊を書いた者の正体、いまだつかめてはおりませぬ」

水野は、手にしていた本をぱらりとめくった。

「……薩摩《さつま》と長州《ちょうしゅう》が手を結び、維新と称して幕府を打倒し、世は明治となる、か——このような世迷言《よまいごと》、誰も信じはすまいが、捨てては置けぬ。これは明らかに幕府への叛逆《はんぎゃく》の書だ。必ずや、この《くだん》なる戯作者を見つけ出し、捕らえよ」

「御意」

淡々《たんたん》として心を見せぬ伊織に、水野忠邦は面白くもなさそうに鼻を鳴らした。

後にこの水野が中心となって行われる天保《てんぽう》の改革によって地本問屋《じほんどいや》を含む全ての株仲間が解散させられることになり、江戸の出版界は大混乱となるのだが、このときは誰も知る由《よし》もない。

「頼んだぞ。《隠し目付け》——遠野伊織」

「は」

噛んで含めるような物言いに伊織は再び平伏し、水野忠邦が出て行っても、しばらくはそのまま、動くことがなかった。

どこかで、梅の花が香った。

《了》

※この作品はフィクションです。実在の人物・団体・事件などにはいっさい関係ありません。

集英社オレンジ文庫をお買い上げいただき、ありがとうございます。
ご意見・ご感想をお待ちしております。

● あて先
〒101-8050　東京都千代田区一ツ橋2-5-10
集英社オレンジ文庫編集部 気付
ゆうき　りん先生

大江戸恋情本繁昌記

～天の地本～

集英社
オレンジ文庫

2024年3月23日　第1刷発行

著　者　ゆうき　りん
発行者　今井孝昭
発行所　株式会社集英社
〒101-8050東京都千代田区一ツ橋2-5-10
電話【編集部】03-3230-6352
【読者係】03-3230-6080
【販売部】03-3230-6393（書店専用）
印刷所　株式会社美松堂／中央精版印刷株式会社

ISBN 978-4-08-680550-6 C0193